P/: Jéssica,
Fico feliz que o Gabe tenha conquistado seu coração!
Beijos,
M.S. Fayes.

Absoluto

Trilogia da Lei 01

M.S. Fayes

1ª Impressão 2014

Produção Editorial: Editora Charme
Capa: Design - Elisa Medeiros
Estudio - CURAphotography
Modelo - Daniel Sobieray

Este livro segue as regras da Nova Ortografia da Lingua Portuguesa.

CIP-BRASIL, CATALOGAÇÃO NA PUBLICAÇÃO
SINDICATO NACIONAL DE EDITORES DE LIVROS, RJ

M.S. Fayes
Absoluto / M.S. Fayes
Editora Charme, 2014.

ISBN: 978.85.68056.00.4
1. Romance Brasileiro - 2. Ficção brasileira

CDD B869.35
CDU 869.8(81)-30

Editora Charme

Caixa postal 9127
CEP 22270-970
www.editoracharme.com.br

Agradecimentos

À família que me apoia e me cede nos momentos mais inglórios quando o surto criativo me sobrevém.

À minha, inicialmente, colaboradora, alçada ao posto de assistente jurídica, Juliana Jujuba, que se revelou uma grata surpresa no talento criativo de sentenças judiciais, bem como de cunho romântico.

Às minhas amigas advogadas, que analisaram os termos e citações possíveis e plausíveis no meio jurídico, Juliana Jujuba e Alessandra Alê.

Tenho dito.

Capítulo Um

Sair de fininho de uma sala de aula conturbada não era fácil, mas era o feito mais habitual de Kate Campbell. Já não aguentava mais as lições de direito penal na Universidade de Direito de Boston e não sabia se era pelo grande ego do seu professor e dos "incríveis casos" que ele tinha resolvido quando era um "desbravador audaz do direito", palavras dele, ou se pela exaustão por causa do iminente término do curso.

Esgueirando-se pelo canto esquerdo, desceu as fileiras das carteiras, em meio à balbúrdia dos alunos. Quando chegou ao corredor, respirou aliviada. Uma classe com mais de 60 alunos falando sobre criminologia era demais para ela. Aliás, não entendia porque tinha se matriculado nessa opção eletiva final. Culpa de Fay, pensou Kate, caminhando pelo corredor.

Kate saíra cedo de sua cidade natal em Atlanta e fora para Boston, o mais próximo possível de seu sonho de consumo, Harvard. Não conseguiu ingressar na tão sonhada Universidade dos sonhos, mas estava se graduando numa bem conceituada Universidade e, inclusive, estagiou em escritórios de advocacia e em departamentos jurídicos estatais da cidade, nos períodos das férias acadêmicas. Não que o escritório onde tinha trabalhado no último verão tenha sido de alguma serventia. Apesar de lhe afirmarem que tinha vaga garantida ali depois de formada, não se imaginava trabalhando num lugar que ensinava todas as formas possíveis do que não se fazer no trabalho.

Não entendia muito bem como escritórios como esse cresciam e se mantinham prósperos. Kluster & Seinfeld se localizava numa área comercial nobre da cidade, num moderno prédio que alojava uma centena de funcionários. O escritório tinha uma imagem razoavelmente conceituada entre a nata jurídica de Boston. Seu professor orientador ficou orgulhoso dela à época de sua seleção como estagiária, dizendo que deveria se sentir contente por conseguir uma vaga num escritório que prestava bons serviços.

Bons serviços. Não se sabe para quem. Só se fosse para o interesse de seus próprios bolsos. No início do estágio, Kate ficou entusiasmada com tudo. E as pessoas naquele ritmo frenético de trabalho? Era contagiante. Isso só conseguiu vivenciar ali, numa empresa daquele porte. Foi o primeiro lugar que ganhou liberdade para exercer seus aprendizados, fazendo documentos jurídicos relevantes, opinando e sendo ouvida nas reuniões, assessorando advogados das mais diversas áreas. Já estava farta daquele mecanicismo de protocolizações, relatórios, digitações, telefonemas e mais relatórios.

Junto com isso tomou conhecimento sobre outras coisas. Ninguém ali estava interessado em defender direitos fundamentais ou zelar pela Justiça. Estavam mais interessados em saber como utilizar a Lei para violar o próprio sistema político-econômico-social da região. Como sonegar impostos para o cliente "x" usando tais dispositivos legais, como alterar regulamentos empresariais com datas retroativas, beneficiando grandes empresas em detrimento de uma massa de trabalhadores, como conseguir absolvição por homicídio culposo — cometido pelo filho de um grande empresário local — com falsas induções. Enfim, nos bastidores do escritório, ficou claro que faziam a busca pela verdade que mais lhes convinha e não pela verdade real das situações.

Ela não era uma ingênua, com seu diploma quase em mãos, tinha uma boa noção das coisas. Evidente que se deve lutar pelo direito do cliente, esteja ele na posição que estiver, mas para tudo havia um limite, atingido quando se esbarra em conceitos morais próprios ou em ética profissional. Conceitos esses que Kate se perguntava quais eram para eles. Era impressionante ver como as pessoas esquecem até seus nomes por causa de dinheiro. Ou por vaidade. Quem ali não queria se sobressair como ganhador de uma causa importante?

E sempre se questionava o porquê de uma organização desse tipo continuar prosperando ao longo do tempo. E, ainda mais, construindo um bom nome no mercado? Coisas da vida? Deixando as indagações de lado, Kate agora sabia que esse era um caminho que não queria trilhar, sequer fazer parte. Era questão de tempo encontrar um lugar onde pudesse construir uma bem sucedida carreira jurídica, pautada em dignos princípios profissionais.

Na Universidade, assumiu integralmente a responsabilidade pelo informativo jurídico, trabalhando como editora-chefe da redação. Seu alto poder de concentração, aliado à inteligência acima da média dos alunos, colocaram-na num patamar onde era respeitada e conhecida por todos os professores. Suas matérias ganhavam projeção dentro da Universidade e Kate fazia isso com afinco. Estudar as leis e suas variáveis era sua grande paixão. E ainda valia uma boa parcela da bolsa de estudos no curso.

Ajeitando a capa de chuva sobre os ombros e puxando o capuz, Kate saiu para a garoa fina que caía no campus da universidade, em direção ao seu carro surrado, porém, imprescindível Volvo antigo. Seus pais queriam que ela tivesse levado seu antigo carrinho dos tempos da High School, um Mini Cooper branco que fora seu presente de aniversário de 16 anos. Mas Kate o vendera e, com o dinheiro aplicado, estava financiando por conta própria parte de suas despesas em outra cidade. Jogando seus pertences de qualquer maneira no banco do passageiro, Kate contentou-se quando enfim pôde se sentar na deliciosa paz dentro do veículo.

Foi para o seu apartamento rapidamente e encontrou uma de suas companheiras no quarto, ajeitando suas coisas em uma mala pequena e execrável. Lana e Fay eram suas amigas desde os tempos iniciais da faculdade.

— Oi, Kate — ela disse sem levantar a cabeça.

Kate se acomodou na poltrona no quarto e olhou para Lana.

— Aonde você vai, Lana? — perguntou, embora soubesse exatamente o destino de sua amiga.

Lana parou de arrumar as roupas, exalou um suspiro ruidoso e se sentou na cama.

— Paul me pediu para viajar com ele — falou baixinho.

Kate se remexeu na poltrona. Ela ficava incômoda em dar palpites na vida de Lana, mas também era aquela que a amparava quando o cretino do seu namorado a deixava por qualquer razão que lhe viesse à cabeça. Fay já fazia a linha louca e não hesitava em dizer claramente o que pensava do imbecil do namorado de Lana.

— Lana, você tem certeza que vai se aventurar mais uma vez com ele? Deixar os estudos de lado novamente por causa dele? — Ela se levantou e se agachou à frente de sua amiga. — Quantas vezes você já fez isso, hein?

— Não sei. Perdi as contas. Mas o que posso fazer, Kate? Eu o amo e não consigo ficar longe dele. É como uma droga... — ela respondeu quase chorosa.

Kate a abraçou se encaixando entre suas pernas. Desde que se conheceram no início da faculdade, tornaram-se inseparáveis e Kate se sentia responsável por ela. Mas era com pesar que via sua amiga menosprezar a importância dos estudos e do seu futuro profissional para viver em função de outro alguém. Cada caso é um caso, mas ela já tinha atrasado a faculdade tantas vezes. Por que ela simplesmente não se esforçava um pouco mais para terminá-la antes de seguir atrás do namorado loucamente? Antes de conhecer aquele infeliz, Lana estava tão engajada e animada com a Universidade, como as três tinham sido.

— Olha, você sabe que te amo como a uma irmã. Mas me preocupo com você — falou suavemente, vendo as lágrimas brotando dos olhos da amiga.

Nesse instante, Fay entrou no quarto e se jogou de qualquer maneira na cama de Lana, sacudindo todos os pertences ao redor.

— Você sabe que se conselhos fossem bons, seriam engarrafados e vendidos no Walmart. Mas mesmo assim eu vou te dar um — Fay disse e esperou que Lana erguesse o rosto. Kate apenas a olhou com a sobrancelha erguida, já à espera de alguma gracinha. — Mete o pé e manda o Paul se foder pra lá, entendeu?

Kate bufou, ignorando o ofensivo comentário e disse:

— Você já é grande o suficiente para saber quando um relacionamento não está funcionando mais.

— Grande como você, quando deu o fora no Mike? — Fay insistiu perguntando com um sorriso zombeteiro. E irônico.

Kate sabia que amargou e arrastou um relacionamento longo de quase quatro anos, sem a chama necessária da paixão entre eles, há muito tempo. Mike fora seu primeiro namorado. Aquele com quem perdera a virgindade e por quem chegou a acalentar o sonho de constituir uma família.

— Exatamente — Kate respondeu com um sorriso. — Quando percebi que tudo o que Mike queria era ostentar uma boneca ao seu lado, eu resolvi colocar os pingos nos "is" e partir pra outra.

— Partiu nada. Está sozinha até hoje — Fay falou zombando. — Mas confesso que só de você terminar o noivado com aquele engomadinho do caralho já valeu meu ano.

Kate olhou feio para Fay. Ela sabia que a amiga não gostava de Mike, mas, mesmo assim, ser tão enfática e rude sobre uma pessoa que fizera parte da vida dela era, no mínimo, despropositado.

— É mesmo. Você terminou com ele faz tempo e até agora sequer saiu para conhecer outro cara — Lana falou enxugando uma lágrima furtiva que teimava em cair.

— Por escolha minha, Lana. Estamos tão perto de nos formar, não quero perder o foco logo agora... — disse.

— Eu não perco o meu foco... mas confesso que ele fica um pouco turvo quando faço um bom e velho sexo selvagem. E não se esqueçam do meu lema: sexo é como uma atividade orgânica vital, tal qual comer e dormir — ela falou e se deitou na cama. — Estou mantendo a energia do universo contrabalanceada em prol das minhas amigas abstêmias — disse e olhou enfaticamente para Kate.

Lana respirou fundo. Olhou para as duas amigas e deu um sorriso breve, porém fugaz.

— Certo. Vou nessa viagem. E decido na volta.

Kate se levantou e ajudou a amiga a se levantar também; achava que indo viajar e negligenciar as aulas só evidenciava a fuga de um problema que deveria ser logo resolvido. Mas ela respeitou Lana. Entendia muito bem como era passar por esse tipo de situação.

Ao dar um abraço bem apertado nela, viu Fay também se erguendo, dando um audível resmungo e se engatando a elas, compondo um abraço triplo.

Fay não falou nada. Gostava de irritar suas amigas, mas se preocupava com a fragilidade de Lana, tanto quanto Kate.

— Certo, querida. Decida depois — disse e suspirou tristemente. Sabia que sua amiga não teria forças para se livrar sozinha do imbecil do namorado.

Kate amava aquelas meninas como se fossem suas irmãs e sabia que esse sentimento era recíproco. Cada uma tão diferente de maneira quase cômica, mas tão iguais em seus corações. Identificaram-se de imediato no início do curso. As três dividiram o mesmo quarto no campus e o que parecia inimaginável aconteceu. Elas se completaram.

Lana era a ingênua e doce do grupo. Uma delicada flor, criada em meio a uma fazenda no Kansas. Era a típica garota do campo, cheia de ideais de vencer na vida e fazer diferente das meninas de sua cidade natal, em Abilene. Ela era uma loirinha formosa e chamava a atenção pela doçura que passava no olhar. Seus olhos eram de um tom turquesa que mantinham cativas as pessoas que conversavam com ela. Mas era tão inocente, que sequer se dava conta deste fato.

Fay era a típica garota Nova Iorquina. Ao contrário da maré, resolvera se enfiar em uma universidade fora do centro metropolitano da cidade que nunca dorme. Era descolada e moderna. Vivia a vida a mil por hora, mas mantinha o espírito livre destinado aos seus amigos e pessoas próximas. Sua amizade era 100% confiável. Com seus cabelos vermelhos e flamejantes e ardentes olhos azuis, herança de suas raízes irlandesas, seu sangue quente atraía os rapazes como formigas num piquenique. Podia ser destemperada e não ter papas na língua, mas Kate sabia que ela amava com grande fervor. Para ser mais diferente, ao contrário de Lana e Kate que faziam pilates, ela fazia aulas de boxe.

Kate era a sensata, equilibrando os extremos do grupo. Enquanto uma era dócil demais e a outra esquentada ao extremo, Kate era a apaziguadora dos conflitos. Inicialmente no alojamento do campus, as brigas eram corriqueiras. Lana vivia brigando e cobrando organização de Fay, que, por sua vez, estressava qualquer um por ser tão implicante. Kate sempre mediava a situação, sobrepesando os lados e fazendo com que Fay cumprisse com o combinado e Lana cedesse em alguns pontos, contribuindo para uma convivência leve e agradável. No fim, Kate sempre fazia os arranca-rabos se tornarem momentos descontraídos e divertidos, algo que só fez crescer a intimidade e cumplicidade entre elas.

Quando Kate ganhara e aceitara a contragosto o apartamento onde moravam, presente que seus pais lhe deram, suas vidas ficaram mais fáceis. Kate queria ter recusado aquele apartamento. Pensara em alugar um conjugado depois de formada e futuramente comprar um apartamento com os frutos do seu próprio trabalho, mas sabia que seus pais se ressentiriam caso não aceitasse o presente. Além disso, já tinha sido bem difícil aceitarem sua saída de Atlanta anos antes, morar ali deixaria seus pais menos preocupados com sua segurança e conforto.

O apartamento ficava em Beacon Hill. Era tão suntuoso quanto aquela parte da cidade. Tinha três quartos com uma espaçosa sala de estar. Dividir o lugar era o arranjo perfeito para elas, já que assim dividiam também as despesas que Kate sozinha não podia arcar. Não gostava da ideia de continuar recebendo ajuda dos pais. A melhor parte de morarem juntas era a de continuarem unidas após a Universidade, cada uma com seu próprio espaço.

Kate se identificava com questões que envolvessem direitos constitucionais, bem como demonstrava um apreço especial pela área empresarial. Lana, apesar de não ter escolhido sua área de atuação, não deixava dúvidas sobre qual ramo seguiria, se não acabasse desistindo de vez do curso. Muito ligada às pessoas e suas relações, fatalmente seguiria a área do direito de família. Já Fay, sempre deixou claro sua paixão pelo mundo dos crimes e amava a ideia de arrebentar a cara dos acusados numa audiência criminal, segundo as palavras dela.

Eram irmãs. Nascidas de pais diferentes, com histórias diferentes. Mas com um vínculo inquebrável como o do sangue que corre na veia dos irmãos de verdade. E Kate odiava saber que sua amiga teria o coração destroçado antes do fim do verão.

Capítulo Dois

Na semana seguinte, Kate estava em uma turbulência acadêmica. Alguns artigos do informativo estavam necessitando revisão imediata, e sua assessora da equipe, Jules, estava doente em casa, com uma virose. Para completar, ela e Fay estavam sem notícias de Lana, e as provas finais se aproximavam. Ela ainda precisaria coordenar todos os seus trabalhos com o relatório que teria que desenvolver sobre uma audiência que precisaria assistir naquela mesma tarde. Como editora-chefe do informativo, esperava fazer do relatório um artigo, analisando os pormenores do polêmico caso. Quem sabe dessa vez não conseguiria publicá-lo também numa revista jurídica, com auxílio do seu orientador?

Ela tinha que admitir que estava nervosa. Assistir uma audiência em que o famoso advogado Gabe Szaloki estaria atuando gerava muita ansiedade e expectativa.

Ele era o ícone de jovens estudantes e até mesmo de profissionais já conceituados. Já fora promotor público no Estado de Massachusetts, e, mesmo sendo jovem na época, aos 25 anos, surpreendentemente largara o cargo e fundara sua própria empresa de advocacia, a Szaloki & Schuster. Hoje, aos 33 anos, era o principal sócio de um dos escritórios com maior projeção em âmbito nacional da atualidade.

Foram poucos os casos que perdeu e era escolha certa e garantida nos grandes processos conturbados da atualidade. O faturamento de seu escritório era tão alto que os rumores indicavam que atualmente era ele quem selecionava seus clientes, não o contrário. Assegurava um belo espetáculo judicial e aula sobre direito quando atuava em público. Era temido como adversário pelos colegas, já que sempre se mostrava implacável em suas manifestações.

E era espetacular como homem. De uma aura imponente e poderosa. Alto, forte e com um olhar implacável que poderia fazer fraquejar até mesmo o mais duro dos jurados. Os advogados que ficavam no peso contrário ao dele na balança, sempre mostravam sinais de estresse ao final de um caso. Gabe Szaloki tinha um domínio absurdo sobre o conhecimento das leis e era um manipulador nato.

Kate já avaliou muitos casos e pareceres feitos por ele durante seus anos na faculdade e percebia sua tática de ação. Sem se apegar a termos técnicos ou literalidades da lei, usava todos os argumentos de sua tese, sem mencionar conclusões. Fazia com que o júri raciocinasse passo-a-passo com ele, induzindo-os a chegar a suas próprias conclusões que, obviamente, eram as mesmas que a dele.

Explanava os fatos já embebidos de sua própria tese de uma maneira tão fácil e sedutora que mantinha cativa a audiência inteira, sem o menor exalar de suspiro durante suas manifestações orais.

As testemunhas, constantemente, sentiam-se acuadas diante dele quando davam seus depoimentos no banco dos réus.

Seria a primeira vez que Kate veria uma atuação dele ao vivo. Antes, acompanhara somente pelos meios e canais de comunicação. E estava excitada com a possibilidade de ver o grande advogado da atualidade, como era conhecido, em ação.

Kate sempre achara que o frisson em volta de seu nome fosse apenas um exagero das grandes mídias. Já vira fotos dele em jornais, até mesmo, já fizera relatórios relacionados a alguns de seus casos, mas daí a ter até as professoras quase desmaiando quando falavam dele, era um extremo sem precedentes.

Mas não poderia negar que a chance de ver de perto uma audiência, cujo advogado de defesa seria Gabe Szaloki, era excitante. Nos últimos anos, era pouco comum vê-lo no Tribunal de Justiça de Massachussets, pois atualmente defendia com mais habitualidade os casos de competência da Suprema Corte, em Washington. Além disso, sua atuação no Tribunal local geralmente era a portas fechadas, visto que seus clientes, por serem pessoas públicas de grande notoriedade, requeriam que seus processos tramitassem em segredo de justiça.

A pessoa a quem Szaloki representava hoje era tão famosa quanto exibida, uma ex-participante daqueles realities shows de ricas donas de casa. Logo, a audiência de hoje seria pública e lotada, já que os advogados, jornalistas, curiosos e estudantes de direito brigariam, aos tapas, pelos lugares.

A tarde chegou com vagarosidade e o coração de Kate bateu descompassado quando Phoebe apareceu à porta da biblioteca e a chamou para irem ao Tribunal. Kate estava tão concentrada que se assustou.

— Kate.... Estou ansiosa... e você? — perguntou mascando o chiclete entusiasticamente.

— Eu também. Mas confesso que o que mais quero é fazer o relatório depois da experiência — falou em tom de zombaria.

Embora estivesse ansiosa pelo desenrolar do caso em questão, um polêmico caso de dano moral e invasão de privacidade, Kate sentia uma estranha vibração no peito. Ela acreditava piamente que poderia ser fruto de sua preocupação com a falta de notícias de Lana.

As duas saíram e se juntaram à turma do professor Montgomery. Era ele que conduziria o grupo seleto de 10 alunos à audiência.

— Alunos queridos... Espero não ter que me repetir em

afirmar que é uma honra o juiz McNab ter pedido para seus funcionários reservarem o lugar de vocês nesta audiência com a anuência das partes desse processo. É raro encontrar tanta boa vontade junta. Vocês terão a grandiosa oportunidade de assistir a um trabalho de campo executado pelo ilustre Dr. Szaloki — disse e olhou nos olhos de cada um de seus alunos. — Meninas... Contenham-se. Não quero que a audiência seja interrompida pelo juiz devido aos suspiros audíveis de vocês, okay? — falou em tom de zombaria.

Kate revirou os olhos diante dos conselhos, nada jurídicos, de seu professor.

— Eu ainda acho que vocês estão apostando muito alto na masculinidade desse cara... — falou um aluno desaforado. Todos riram, com exceção do professor.

— Não. Na verdade, às vezes, a balbúrdia que as mulheres fazem ao seu redor atrapalha o início do julgamento — respondeu com um olhar irritado. — Como foi também com a concordância dele que conseguimos essas vagas, espero que vocês respeitem as regras, não teremos outra oportunidade. Desliguem seus celulares antes de entrar, mantenham silêncio quando iniciado o julgamento...

Kate já ouvira falar que Gabe era tão focado no que fazia que um tornado poderia passar pelo meio do salão e ele sequer mudava a expressão facial.

Com o término do discurso do professor, eles se dirigiram aos respectivos carros.

Ao chegarem, uma fina garoa no céu acinzentado mostrava exatamente o humor de Kate. O aperto que sentia no peito a estava incomodando ao ponto de se dispersar da turma e avisar Phoebe que iria ao toalete.

Sentimentos conflitantes percorriam seu corpo. Um frio

incomum, talvez resultado da sensação de ser a última audiência que assistiria como aluna, somada à forte sensação de que algo iminente estava prestes a acontecer.

Ajeitou o visual no espelho. Vestia um tailleur de cor azul marinho. Sua pele clara estava um pouco pálida devido às sensações desconhecidas. Os cabelos negros e lisos estavam bem penteados, emoldurando belamente seu rosto e soltos até o meio das costas. Kate não teve tempo de fazer um penteado elaborado e gostaria de tê-los mantidos presos. A pouca maquiagem a deixava com um ar mais clássico e formal.

Seus olhos castanhos da cor ambarina eram suaves em sua forma amendoada. Kate tinha um olhar enigmático. O nariz afilado era levemente arrebitado na ponta e casava bem com o formato de seu rosto. A boca era um grande atrativo em Kate. Carnuda e com o formato perfeitamente pincelado, tinha uma tonalidade avermelhada, quase sem a necessidade de ser retocada com batom.

O tailleur caía bem em seu corpo esbelto, porém curvilíneo. Seus músculos tonificados, conseguidos a muito custo e suor nas aulas de pilates, formavam um conjunto harmonioso. Kate sentia orgulho de seu físico. Sabia que tinha um porte invejável e o corpo muito bem proporcionado. Mas, ao contrário de outras alunas, ela não sentia a necessidade de expor mais pele que o habitual. O decote do blazer era baixo, porém Kate usava uma regata de renda por dentro e trazia um certo charme ao traje. Os seios eram pequenos para os padrões, mas Kate estava satisfeita com o seu corpo.

A saia tinha um corte majestoso e mostrava suas pernas bem torneadas, embora Kate não tivesse a mínima noção de como elas ficavam espetaculares com o acréscimo dos saltos. Passou a mão no traje e deu uma última conferida ao visual. Estava adequada.

Kate retocou o batom dos lábios e saiu para o corredor.

Percebeu que a audiência já devia ter começado, pois o corredor estava vazio.

— Droga — reclamou consigo mesma. Odiava se atrasar e sabia que só teria duas opções. Entrar na sala e correr o risco de ficar sem um lugar privilegiado para se sentar, ou ficar de fora. Como a última opção não era viável, deu de ombros e abriu a porta.

Mal entrou, sentiu a energia eletrizante do lugar. As vibrações emanadas pelas pessoas que assistiam ao julgamento refletiam bem o caso em questão. Uma jovem mulher, cuja privacidade teria sido invadida após sua participação em um reality show, quando o canal de TV, sem prévia autorização, utilizou informações pessoais de seu passado com o intuito de apimentar e alavancar a audiência. Como fator complicador, os fatos haviam ocorrido antes do início do contrato com a emissora e, para piorar a situação, com a divulgação dos eventos pouco honrosos da vida referida vítima, o marido da demandante exigiu o divórcio. Isso resultou que a mulher ficasse sem nenhum recurso financeiro, já que o marido exigiu o cumprimento da cláusula do contrato pré-nupcial dos dois, que deixava expressamente claro que, em caso da ocorrência de algum fato desabonador da conduta moral da esposa, em data anterior ao casamento, haveria a perda absoluta de todos os seus bens. A demandante alegava, dessa forma, que sua vida estava arruinada pelo vazamento das informações, exigindo dessa forma que a emissora arcasse com os danos.

Szaloki representava a vítima, o que, para desespero dos advogados da emissora, tornava o julgamento um divisor de águas, na delimitação do quanto à 1ª Emenda Constitucional poderia ser utilizada como desculpa para as atitudes antiéticas dos meios de comunicação. Essas questões envolvendo liberdade de expressão e ética atraíram Kate, por isso seu interesse no caso era ainda maior. Ela pensava claramente nos precedentes que aquele processo poderia abrir no meio jurídico.

O júri estava concentrado ouvindo a vítima esclarecer entre lamúrias e ofegos, que não havia ficado com nada, que sua vida fora virada de ponta cabeça com a falência iminente e que não ficara com absolutamente nada valioso em seu poder, já que seu ex-marido havia ficado com tudo, inclusive com quase todo o seu luxuoso guarda-roupa, alegando que, quando se casaram, ela possuía apenas um par de sapatos e umas poucas e baratas peças de roupa, o que não fugia à verdade. Chorosa, afirmou ainda que precisou declarar falência pessoal, já que tinha compromissos financeiros assumidos que não conseguiria honrar. Quando o representante da emissora foi chamado ao banco dos réus, teceu explicações sobre seu direito à liberdade de expressão e ao direito de noticiar o que fosse de interesse do público, já que a vítima se tornara uma pessoa pública e deveria assumir os riscos da exposição.

Kate estava compenetrada em seus pensamentos quando percebeu o silêncio sepulcral da sala. Focou seu olhar, concentrando-se onde estava, quando viu o homem que ela apenas avistara de perfil se levantar calmamente.

Szaloki caminhou lentamente em direção ao banco dos réus, onde o representante da emissora se encontrava. Os jurados estavam observando todos os seus passos, e na sala não era ouvido sequer um suspiro.

Quando ele abriu a boca e sua voz reverberou na sala, Kate sentiu um delicioso calafrio percorrer seu corpo. A voz de barítono dele era imponente e mostrava uma autoridade impressionante na condução dos relatos que começou a extrair da testemunha com suas perguntas.

Kate pôde ver em primeira mão como ele atuava verdadeiramente em meio a um caso cível. Ele fazia jus à palavra "passional" em si. Ele era apaixonante de ser observado. Falava com maestria e articulava os fatos ao seu bel prazer. Os advogados de defesa pareciam hipnotizados e chocados pelas informações que ele conseguira arrancar da testemunha.

O mesmo parecia sem saber o que fazer diante da condução que o homem à sua frente tinha da situação. Ele era deliberadamente certeiro em cada apontamento. E só agora Kate atentou-se aos seus detalhes físicos.

Szaloki fazia justiça ao termo deus grego. Estava vestido com bem cortadas roupas inglesas e sóbria camisa sob medida, que mostrava a compleição perfeita de um corpo jovem e másculo. Os ombros largos, marcados na charmosa cor grafite do traje, eram típicos de um homem que malhava, e não usava enchimento no traje para se beneficiar.

Os cabelos bem cortados, porém rebeldes, eram negros e o rosto era belamente esculpido como uma obra de arte. A cor de seus olhos era uma incógnita, devido à distância de onde Kate se encontrava. A pele dourada mostrava uma ascendência desconhecida para Kate e os movimentos de seu corpo na Tribuna, gesticulando e falando com grande eloquência aos jurados, lembrava-a da performance de um dançarino cigano. Movimentos naturais e, ao mesmo tempo, firmes e confiantes.

Definitivamente, ele era um homem digno de ser olhado. Admirado e exaltado. Não somente era majestoso atuando em sua área profissional, como era o exemplar masculino mais lindo que Kate já pusera os olhos.

Quando ele encerrou a parte que lhe cabia, ela deu-se conta da passagem do tempo. Szaloki deu por encerrado toda a sua argumentação, não sem antes deixar uma belíssima frase de efeito para o júri.

Kate o observava hipnotizada. Seus olhos eram focados em apenas uma coisa: executar a justiça com total parcialidade, dando à testemunha apenas a chance de engolir em seco. Os advogados de defesa tentaram contornar as acusações de Szaloki, com argumentações fracas e quebradiças, sem quaisquer fundamentos até mesmo para eles, agora que o majestoso advogado explorara os outros ângulos do fato. Gabe se voltou para deixar algumas notas com seu assistente. Nesse momento, Kate conectou seu olhar ao dele. Sentiu um arrepio na nuca. Ele a olhou por mais algum instante e voltou à ativa.

O caso se encerrou sem mais delongas. O júri chegou ao resultado e o juiz leu a sentença, a empresa ré foi condenada ao pagamento de uma indenização milionária a título de dano moral e material, sendo advertida e multada em razão de sua atitude antiética. Algumas palmas foram ouvidas na sala, entre elas, a da própria demandante. Kate viu quando a mulher se ergueu em seus saltos Louboutin e enlaçou o pescoço de Gabe.

Ela não sabia se o frio que percorria seu corpo era resultado de sua experiência nem um pouco agradável com a chuva fina que estava fora do tribunal, ou se poderia ser uma reação ao olhar penetrante que Gabe Szaloki lançara em sua direção durante a audiência. Agora, ela sabia de onde vinha aquela energia eletrizante que sentiu, quando entrou atrasada na sala.

A turma saiu da sala, e todos se posicionaram excitados com a experiência, aguardando o professor Montgomery, que fora cumprimentar o Dr. Szaloki e o Juiz McNaby.

Phoebe trocava ideias com Melissa, outra aluna, e Kate aproveitou para fazer algumas anotações em seu tablet. Estava com a cabeça baixa, concentrada no que fazia, quando ouviu uma voz ao seu lado. Ergueu a cabeça e viu que o famoso advogado estava conversando com seu professor bem próximo a ela.

— Ora, meu jovem... deixe-me pegar uma opinião mais imparcial do que a minha... digo que você foi brilhante, não tanto quanto eu naquele caso dos Petterson vs Mcnamara. Ali até eu me surpreendi com o tamanho de minha sagacidade...

Kate suspirou exasperada. O professor Montgomery gostava de enaltecer a si mesmo sempre. Achava curioso vê-lo dedicando seus elogios a outro. Era tão diferente do professor Gaspard, seu querido orientador.

— Kate, querida. Venha aqui, por favor — o professor a chamou. Kate guardou o tablet na bolsa, e foi relutantemente ao encontro. Percebeu que Gabe a olhava profundamente com aquele olhar insondável, podia sentir ainda a tensão que ele transmitia, provavelmente por causa do rígido controle que detinha sobre a adrenalina ainda não extravasada do seu desempenho há pouco.

— Pois não, professor — ela falou solícita sem erguer os olhos para o homem sensacional à sua frente.

— Gabe, esta é minha aluna preferida, Katerine Campbell. — Como assim? Kate indagou, mal assistia as suas aulas. — Um pequeno gênio jurídico vestida em saias, graças, é claro, aos meus ensinamentos.

Kate o olhou enviesado porque o comentário fora extremamente machista e injusto. Se tinha alguém a quem pudesse conferir o papel de mentor, seria o querido professor Gaspard, que, apesar de tímido e um pouco recluso, sempre a impulsionara no curso, inclusive sendo seu orientador final.

— A genialidade, por si só, não é garantia de sucesso — recitou Gabe a célebre frase que Kate reconheceu como sendo do filme Amadeus, um de seus preferidos.

Mesmo que ele tivesse dito isso mais para irritar o professor do que a aluna, Kate, a contra gosto, trocou um aperto de mãos com ele e sentiu um arrepio percorrer seu corpo quando sua mão foi envolvida pelo calor da sua pele. Uma gostosa vibração surpreendeu os dois e se dissipou quando o contato foi quebrado.

Kate observou as sobrancelhas de Gabe se arquearem ceticamente e o vislumbre de um sorrisinho aparecer em seu rosto. Porém, o que mais lhe chamou a atenção foi o tom de verde oliva em seus olhos. Ela poderia afirmar, com toda a certeza, que o olhar de Gabe Szaloki era absolutamente hipnótico. O professor era uma chateação para Gabe, muito egocêntrico, não aguentava ficar na mesma sala que ele ou até mesmo respirar o mesmo ar. No entanto, Gabe ficou curioso para entender porque o professor se referia à pequena borboleta social à sua frente como detentora de uma genialidade latente. Talvez fosse uma aluna medíocre que precisava ficar no encalço do professor para garantir a aprovação na Universidade. Pelo visto, seria tão insuportável quanto seu "mestre".

— Diga a ele, Kate. Qual foi sua primeira impressão? Faça o seu melhor, querida — o professor falou orgulhosamente.

— Um detalhe no final da audiência foi o que me deixou mais intrigada, Dr. Szaloki — ela disse.

Ele a observou mais atentamente.

— Seriamente? E o que poderia ter chamado sua atenção somente no final, quando a sentença já tinha sido proferida? — perguntou com um visível desinteresse.

— Como a vítima pode alegar falência pessoal, que está na rua da amargura e necessitando de amparo de terceiros, sendo que estava ostentando um belíssimo par de sapatos Louboutin que custam mais de U$ 12 mil dólares? — ela falou de uma só vez.

Gabe franziu o cenho, enfastiado.

— Nem todos os pertences da mulher em questão foram extirpados, senhorita Campbell — ele disse categórico. — Acredito que você tenha ficado desatenta neste instante, talvez lixando as unhas?

Kate sentiu uma onda de raiva percorrer seu corpo. Mas não se deixou abater pela prepotência do homem.

— Ah, é, devo ter ficado, então. Uma pobre coitada, calçando um Louboutin de linha exclusiva. Só doze pares daqueles foram feitos e postos à venda, nesta semana. É, bem comum mesmo — ela falou. — Naturalíssimo.

Enquanto Gabe arqueava as sobrancelhas, ela continuava a falar cheia de ímpeto, fazendo uma análise resumida das provas e dos fatos ocorridos e, ao final, concluiu de maneira audaz:

— E já que ela nunca teve outra fonte de renda, salvo o que a empresa que o ex-marido dirigia a provia, bem podemos imaginar de quais fundos falidos esta mesma cidadã pode ter retirado tal quantia para suprir uma necessidade vital de seu ego... — ela disse divagando completamente.

O professor Montgomery não entendeu muito bem o que Kate quis dizer, ao contrário de Szaloki, que já tinha toda a sua atenção concentrada nela. No entanto, naquele momento, algumas pessoas vieram conversar com ele e Kate aproveitou a oportunidade para sair de perto, dirigindo-se à cafeteria. Passou uma mensagem à Phoebe avisando onde estava e que quando fosse embora lhe desse um sinal.

Somente quando estava degustando o café, ela percebeu que fervia de raiva. Na verdade, rememorando o diálogo com o ilustre advogado, ela percebeu que as faíscas saíram completamente sem controle. Quem ele pensava que era para tratá-la daquela forma? Lixando as unhas? Certo. Que cara convencido, se achava o rei da verdade. Claro como a neve que a criatura não havia ficado exatamente sem nada após o divórcio, alegando falência, quando na verdade o que ela não conseguia era manter os impostos em dia para suprir seus luxos! Diziam que ele tinha um brilhantismo profissional arrojado e imprevisível, mas a única coisa que viu foi soberba. Era revoltante ver como as coisas se deturpavam por causa de dinheiro.

Talvez ele tivesse errado em seu julgamento, Szaloki

pensou, saindo do fórum sem dar entrevistas. Será que deixara passar alguma informação valiosa e essa cliente realmente estaria desamparada e sofrendo privações em razão do divórcio? Com isso, o caso teria uma reviravolta surpreendente porque ele deveria ter abordado outros aspectos, Gabe divagou. Estava cansado e não aguentava mais a ponte aérea para Washington durante vários dias na semana. Parecia que sua mudança para a capital do país não devia ser mais postergada, era hora de mudar de vez o rumo das coisas e focar sua atuação na Suprema Corte.

Entrando no táxi, ditou, com urgência na voz, o endereço de seu escritório. Precisava voltar logo e rever todas as evidências marcadas pela defesa e conferir a origem daquelas informações com o investigador do escritório. Se havia uma coisa da qual se orgulhava era seu bom julgamento sobre as situações. E se tivesse errado, bom, haveria de achar uma boa solução para isso. Nunca se deixou pautar por outro norteador que não tivesse sido o da lei e sua aplicação justa. Não seria diferente agora.

Kate. O nome combinava com ela. Parecia-se com uma gatinha. Sentiu com a primeira troca de olhares que ela lhe despertara um tipo de interesse que há tempos não tinha sentido por ninguém. Bela, cabelos longos e pernas, definitivamente, sexys. Quando o deixou para trás, de queixo erguido e com passos altivos e resolutos, veio o louco pensamento de que queria tê-la para si.

Quando a viu na companhia de Montgomery, chegou a pensar que fosse uma possível pedinte, tal qual o professor. No entanto, o comportamento dela o surpreendeu. Poucas pessoas deixavam as deferências que tinham por ele de lado e o encaravam diretamente como ela fez, cuspindo em cima dele uma breve e sucinta análise do caso completamente coerente, feita em tão pouco tempo e tão contrária ao seu posicionamento.

Enquanto vagueava pelo trânsito da cidade, quis saber mais sobre a bela formanda. Se o que teve foi uma pequena amostra do que podia fazer, ficou interessado em ver seu rendimento acadêmico. Onde será que ela já tinha trabalhado? Ele sabia que muitos alunos em vias de se formarem, aceitavam cargos de estágio em escritórios de advocacia, para entrarem em contato com a prática. Constatada sua veia promissora, talvez fosse uma boa ideia chamá-la para uma entrevista. Aparentemente, estava se formando e seu professor tinha mencionado, antes de apresentá-la, que também era redatora de um informativo jurídico. Sua oratória era muito boa. E a boca também. Aqueles lábios avermelhados e tão bem desenhados naquele rosto de pele acetinada pediam para ser beijados. O tailleur se ajustava ao corpo nos exatos lugares. Como desejava rodear sua cintura com as mãos, puxando-a para mais perto, sentindo em seu pescoço o cheiro de seu perfume, roçando levemente seus lábios naquele delicioso pedaço de pele próximo a sua orelha...

Deus! Devia estar realmente cansado por se permitir divagar dessa maneira. Tomando a rédea de seus pensamentos, voltou à questão principal e decidiu marcar uma reunião com Schuster. Precisavam se sentar e pôr em prática o planejamento que tinham feito para abertura de uma filial em Washington. Seria pequena e exclusiva, com prestação de serviços jurídicos unicamente voltados para as controvérsias nacionais em trâmite na Suprema Corte. O escritório matriz continuaria sendo em Boston.

A procura para trabalho em seu escritório era imensa e seus funcionários se mantinham fidelizados ao escritório, mesmo que recebessem propostas irrecusáveis, fato amplamente comentado nas rodas jurídicas. A equipe de advogados que trabalhavam em sua firma era composta em sua grande maioria por homens e mulheres jovens e arrojados na carreira, que não temiam os riscos de novos desafios e não se sentiam tão acuados em trabalhar com Gabe. Essa barreira inicial nem todo mundo conseguia quebrar.

Sua secretária, uma senhora na casa dos 50 anos, estava

naquela função desde a fundação da empresa, porque era uma mulher excepcional. Gabe fazia questão de manter as jovens obcecadas pelo cargo longe de si. Elas tentavam assessorá-lo de outras maneiras.

Kate ouvira dizer que os estagiários que tiveram chance de trabalhar na Szaloki & Schuster choravam quando encerravam seu tempo sem conseguirem a efetivação no escritório. Muitos insistiam em trabalhar de graça somente pelo prazer e oportunidade de estarem ali. Segundo diziam, quando ele tinha tempo sobrando, o que era raro, adorava ensinar e distribuir dicas aos interessados. Praticamente, ele formava uma sala de aula improvisada sempre que dava algumas orientações.

Diziam que um dos andares do escritório era conhecido como andar da diversão. Um espaço imenso destinado a descontração e relaxamento dos funcionários, com mesas de sinuca, minigolfe, jogos eletrônicos e de tabuleiros, espaço com poltronas reclináveis e televisões de plasma 3D touch screen, simulando salas de cinema, confeitaria, mini spa com esteticistas e muito mais. E tudo isso durante o expediente. Bom, Kate imaginou, talvez fosse um exagero e o espaço recreativo tivesse apenas um par de TV's e vídeo games. Quem saberia?

Já no quesito namoradas, Gabe era conhecido como o pegador. Suas acompanhantes eram apenas temporárias, todas mulheres glamourosas da alta sociedade. Geralmente modelos da atualidade. Nenhuma conseguira fisgar o homem.

Kate entendia agora o porquê. Ele era insuportável. Devia ter o gênio mais explosivo que alguém humanamente constituído possuiria. Mas era inegável a beleza máscula que ele apresentava. Gabe Szaloki era o legítimo macho alfa que entrava em um ambiente e atraía para si todos os olhares. Dos homens, ondas de inveja e rancor fluíam. Das mulheres, ondas de luxúria varriam a sala como um tsunami furioso.

Kate estava vibrando exatamente com a mesma onda da classe dessas mulheres.

Capítulo Três

O fim do semestre estava se aproximando. Kate entregara todos os trabalhos e fizera as provas necessárias para avançar rumo à sonhada graduação. Mesmo tendo se passado mais de meses, Lana não voltara da viagem com o namorado fuinha. Ao menos, mandara notícias. Estava bem e curtindo momentos idílicos na Califórnia. Ótimo. Ainda assim, Kate se preocupava com sua amiga. Não sabia explicar a razão, mas sentia uma ligeira onda de ansiedade sempre que pensava em Lana.

Fay saíra mais cedo com seu professor de boxe, que, por sinal, era seu mais novo affair. Os ruídos que os dois fizeram no quarto não poderiam ser enquadrados como uma simples aula de boxe tailandês.

Quisera ter nascido pronta como Fay. Era raro vê-la estudando em casa, mas sempre teve rendimentos tão exemplares. Assimilava as coisas com facilidade, dizia. Kate tinha perdido as contas de quantas madrugadas insones e feriados precisou passar estudando, apesar de as pessoas acharem o contrário. Não via a hora de terminar tudo isso e descansar um pouco, concentrando-se em sua carreira.

Estava estudando para um de seus exames, quando o telefone tocou.

— Alô?

— Senhorita Katerine Campbell? — uma voz feminina suave perguntou.

— Sim. Sou eu — respondeu e se sentou mais ereta no sofá.

— Meu nome é Ivana McCallister e sou a assistente imediata do Dr. Joseph Magnum da Magnum & Foster Associados — falou em um tom firme. Kate engoliu em seco. — Estou entrando em contato com a senhorita a pedido do próprio.

Kate conhecia aquela firma. Magnum & Foster tinha o perfil dos escritórios mais renomados. One stop shop, esse era o lema. Em um lugar só, os clientes tinham a conveniência de serem assessorados em todas as áreas. Para comprar uma empresa, consulte os especialistas em aquisições. Demissão em massa? Área trabalhista. Problemas com impostos, setor tributarista. A maioria de seus clientes eram empresas de médio e grande porte, salvo algumas pessoas físicas. Lá se oferecia um belo plano de carreira. Recebiam cerca de três mil currículos por ano e empregavam de 800 a 900 funcionários, tendo o escritório o faturamento estimado em 150 milhões de dólares por ano.

— Certo. Em que posso ajudá-la? — Kate perguntou, mas sentia o coração aos pulos no peito.

— Chegou às mãos do Dr. Joseph o artigo da revista feito por você, sobre um caso resolvido em audiência há alguns meses — ela respondeu. — O Dr. Joseph entrou em contato com o professor Gaspard e, por intermédio dele, teve acesso a alguns boletins do informativo jurídico editorado por você, que nos mostrou um trabalho de excelente qualidade, um diferencial. O Dr. Joseph se interessou em ouvir de você mesma os parâmetros que relatou e observou no caso do artigo. Acreditamos que foi bem contundente em alguns aspectos que passaram despercebidos e seu frescor nos resultaria interessante.

— O artigo! Oh, que ótimo. Fico honrada... — ela parou para respirar fundo e se lembrou do dia que seu professor tão calmo, veio correndo em sua direção no intervalo de uma de suas aulas falando que o artigo fora aceito e seria publicado na revista de maior credibilidade na área, a Jus América. Na ocasião, tinha-lhe dito que seria começar sua carreira com chave de ouro porque geralmente só formandos de Harvard ou Stanford publicavam seus primeiros artigos ali.

— O nosso escritório tem por costume ofertar aos jovens talentos uma oportunidade de serem inseridos no mercado antes de se formarem. Nosso convite é para uma reunião informal, sem compromisso, se for do seu interesse vir nos conhecer pessoalmente.

— Ah, puxa... Uau. Obrigada... — ela gaguejou. — Quero dizer... nem sequer encerrei o curso...

— De acordo com o seu Coeficiente de Rendimentos escolares, você está apta a executar as provas de exame da ordem, mesmo ainda restando algumas matérias a concluir, você sabe disso, não? — ela perguntou.

— Sim. Na verdade, eu já fiz o exame no semestre passado e fui aprovada. Mas só posso requerer minha habilitação como advogada depois de concluído o curso, mediante apresentação do diploma — Kate respondeu um pouco sem graça e ainda estupefata pelo convite.

— Oh, que notícia boa! Você esteve estagiando em algum lugar? — ela perguntou.

— Estive vinculada a um estágio na Kluster & Seinfeld durante minhas últimas férias de verão.

— Certamente devem ter se dado conta do talento nato que você tem, Srta. Campbell — ela disse sucinta. — Gostaríamos de ver seu dinamismo sendo melhor aproveitado, o que nos leva à nossa reunião, marcada já previamente pelos sócios da empresa, sendo que gostaríamos que você levasse alguns artigos seus, esses que o professor Gaspard comentou que estava fazendo, alvo de uma possível tese de mestrado? Junto com ele pode trazer seu relatório acadêmico completo? — ela perguntou sem dar chances de negativa.

— Oh... Claro. Estarei aí no horário... Obrigada — falou embasbacada.

— Posso entrar em contato com você mais tarde e passar os dados necessários. Acredito que na próxima semana teremos um horário vago, você estaria disponível?

— Com certeza.

— Então, entro em contato para lhe informar o agendamento exato.

— Ivana?

— Sim?

— Por que esse interesse por um artigo feito sobre um dos casos pertencentes a um escritório concorrente ao de vocês? — Kate perguntou curiosa.

Ela ouviu o suspiro do outro lado da linha.

— Porque são poucas as pessoas com fibra suficiente que podem apontar interessantes falhas nos argumentos do Dr. Gabe. Mesmo que sua observação não seja algo que respaldasse enfaticamente uma possível anulação ou diferença no resultado do processo, somente em ter apontado um detalhe que passou despercebido ou uma forma diferente de ver as coisas já é motivo suficiente — disse num tom informativo.

— Certo. Obrigada, de qualquer forma.

As duas encerraram a ligação e Kate ficou pasma com o rumo que sua vida tomaria se a proposta fosse realmente viável.

^*^

Dois dias depois, Kate recebera o e-mail de Ivana com as

determinações para procurar o escritório Magnum & Foster. Era exatamente o que Kate queria. Ela vestiu seu melhor tailleur, de cor cinza chumbo, com uma blusa social branca bem engomada, saltos elegantes que a deixavam com um porte clássico e atraente e ajeitou os cabelos em um coque rebuscado. Kate estava propensa a cortar a massa de cabelos lisos e negros. Executar penteados estava ficando cada vez mais complicado e despendendo um tempo maior na hora de se arrumar. Mas ela ficava triste somente com a ideia. Seus cabelos eram o que mais curtia em seu visual.

Kate se achava uma mulher simples. De beleza singela, nada fulgurante. E nem sequer fazia questão de se arrumar para despedaçar o coração de algum solteiro. O namoro com Mike fora conturbado ao extremo pelo excesso de ciúmes dele. Mike se irritava com as roupas de Kate, o cabelo, a maquiagem. Como viera de uma família rica, Kate sabia se vestir bem, mas, para os padrões de Mike, ela nunca estava perfeita. E ele exigia perfeição absoluta. Como era filho e herdeiro de uma das mais poderosas família da sociedade de Atlanta, ele monitorava todo o seu vestuário, bem como seu comportamento para que se adequasse bem ao papel de sua futura esposa. Kate sempre era obrigada a comparecer às festas e eventos sociais da alta roda e um dos requisitos de Mike era que estivesse tal qual uma Audrey Hepburn. Ele não aceitava sequer que ela usasse outro vestuário que não o clássico. Fora um namoro de quase quatro anos sufocante. E só durara este tempo inteiro porque Kate se acomodara no papel de noiva precoce.

Até o dia em que Mike finalmente perdera as estribeiras e quase a agredira por causa de uma bobagem. Kate encerrou aquele capítulo funesto de sua vida. E ela podia dizer, sem sombra de dúvidas, que naquele um ano de solteirice, estava vivenciando novas experiências gratificantes.

Deixara a pompa de lado, o estilo ostentoso de se vestir apenas para ocasiões extremamente necessárias. Trocara seu guarda-roupa e passara a investir em si mesma. Sentia-se até mais confortável com as roupas das aulas de pilates, colantes e ajustadas com calças de cós baixo, que tanto incomodavam Mike e que agora faziam parte de sua rotina. Eram super agradáveis. Ela estava se sentindo mais solta e despojada. Arriscando mais na hora de se arrumar, visando ao bem estar dela mesma e não de um eventual acompanhante. Nunca mais se deixaria dominar da forma vil e doentia que Mike fizera.

Kate se dirigiu ao seu carro e ajeitou os óculos de sol. Estava um dia lindo e agradável. E a perspectiva de rumar cada dia mais ao seu futuro, sem a interferência de seus pais, deixava-a eufórica.

Capítulo Quatro

A recepção do escritório que Kate fora designada era belíssima. Toda revestida em granito negro, trazendo algumas obras de arte espalhadas pelas diversas prateleiras nas paredes.

A recepcionista, uma mulher loira e bem vestida, a orientara a esperar na sala adjacente e Kate se dirigira para o local. Nervosa, porém, confiante.

Quando foi chamada, ela entrou na sala de reunião onde seria entrevistada. As mesas eram de madeira e as cadeiras com estofado de couro vintage, conservadíssimas. As paredes exibiam belas fotografias, em preto-e-branco, da cidade. Dois homens a aguardavam em pé.

Kate observou que os dois eram imponentes, mas opostos em tudo. Um era de meia idade, vestido em um terno elegante e com olhos cândidos e suaves. O outro era um jovem loiro, de bastos cabelos e olhos em um surpreendente tom de verde.

— Olá, senhorita Campbell — disse o mais velho, afastando-se da cadeira para estender a mão em cumprimento — Ivana a enalteceu e afirmou que você é criteriosa e praticamente um gênio na área jurídica. Sou o Dr. Joseph Magnum.

Kate sentiu-se corar e devolveu um sorriso sincero.

O outro homem a olhava fixamente e também a cumprimentou, porém, com um aperto de mão um pouco mais demorado.

— Eu sou Peter, Peter Foster. O Dr. Clarence Foster não pôde estar presente na reunião e me nomeou para representá-lo — fez uma pausa e deu um gentil sorriso com a intenção de deixar o ambiente mais descontraído, e acrescentou. — Já que ele é meu pai, ouso dizer que conheço bem os parâmetros de avaliação dele desde o meu nascimento.

Kate relaxou, dando um breve sorriso.

— É um prazer conhecer uma mulher jovem e brilhante ainda no início da carreira acadêmica... — falou Dr. Magnum.

Aparentemente, depois da leve explanação dos fatos, Kate compreendeu que Peter era um dos que compunham o seleto grupo diretivo de advogados que ocupavam posição inferior apenas aos dos dois sócios principais. Embora, não seria estranho o fato de o filho seguir os passos do pai e acabar assumindo futuramente a sociedade do escritório.

A reunião foi dura e muito longa. Kate se sentiu sabatinada de todos os lados e surpresa por se sentir confiante em ter respondido todos os questionamentos com precisão instantânea. Para sua surpresa, eles estavam dispostos a contratar Kate como advogada assistente, por um período de experiência para testar seu desempenho.

— Estou mais do que surpresa por essa situação, custa-me a acreditar, mas não poderia querer outra coisa. Trabalharei com afinco e demonstrarei merecimento por uma vaga definitiva — Kate falou com uma confiança que, até então, desconhecia.

— Bem sabemos, querida. E se Szaloki esteve tão disposto a integrar a equipe dele com um talento como você, queremos ter certeza de que já esteja contratada antes que ele tenha a chance de uma entrevista — disse o Dr. Magnum com um sorriso exuberante nos lábios.

Ela não entendeu bem a referência ao advogado "ilustre".

— Como assim, Dr. Magnum? Não soube de sequer o mais remoto interesse professado pelo escritório Szaloki & Schuster — ela disse desconcertada.

— Isso é apenas porque as conversas eram extraoficiais, querida. Ouvimos dizer que o pequeno embate que teve com ele na saída do Tribunal o deixou com a pulga atrás das orelhas e sua equipe esteve disposta a enviar uma solicitação formal para uma entrevista com você.

Kate continuava sem compreender. Quer dizer que ela fora chamada em uma disputa entre os dois escritórios? Nossa, mas tiveram uma conversa de, o quê, dez minutos? Foi o suficiente para se fazer notória?

Notando o ar de dúvidas no rosto de Kate, o Dr. Magnum riu e se apressou a explicar.

— Não se preocupe, querida. Em nossos jantares e reuniões informais sempre ficamos sabendo dos fatos quentes de nosso meio. Seu nome foi um deles, mas seu artigo foi o que mais atraiu nossa atenção, assim como a de outros colegas — ele disse e colocou a mão sobre a de Kate a acalmando. — É raro nos depararmos com uma pessoa tão apaixonada, como você, em suas palavras eloquentes. Isso nos dirigiu à sua busca.

— Você vai fazer parte de uma equipe composta por três advogados assistentes que serão avaliados ao final. Um de vocês será contratado em definitivo para ocupar uma vaga e integrar a equipe deste escritório — Peter falou a olhando nos olhos. — Amanhã enviaremos maiores instruções e aguardaremos a graduação dos três para começarmos a trabalhar no próximo período. Esperamos que você integre a nossa equipe ao final disto — falou enfaticamente.

— Enquanto termina o curso e aguarda seu primeiro dia de trabalho aqui, Kate, — disse Dr. Magnum — convido você, assim como convidei os outros dois selecionados, a participar do coquetel de lançamento do livro do Dr. Alexander Bergman, um dos promotores do nosso Tribunal de Justiça. Lá estaremos eu e Peter e apresentaremos a vocês algumas personalidades interessantes do meio.

— Será um prazer, Dr. Magnum. Farei o meu melhor — falou Kate, ainda sem acreditar em sua sorte.

Ao sair dali, ela conheceu os outros dois advogados concorrentes e percebeu realmente que sua jugular estaria a prêmio. Precisaria mostrar seu valor não apenas a si mesma, mas aparentemente aos dois exemplares de testosterona à sua frente.

De qualquer forma, saiu dali sentindo-se nas nuvens. Estava empregada antes mesmo de se formar! Teria seu próprio sustento, longe de necessidades financeiras, sem ter que mexer tanto nas economias que fizera ao longo da vida!

Kate era de uma família bem estabelecida de advogados em Atlanta. Seu pai e dois irmãos eram conceituados e famosos. Sair de casa com suas economias e disposta a vencer sozinha, sem o respaldo profissional familiar - ao contrário de Peter - era tudo o que mais queria. Não queria refazer os passos de seus familiares no conforto e segurança do lar. Não que isso estivesse errado, de modo algum, mas queria provar que poderia fazer sucesso, por si própria. Galgar seus próprios degraus, aprender, ousar.

Seu pai não a entendia, em hipótese alguma. Kate saíra de Atlanta para evitar as interferências, que sabia que aconteceriam, se estivesse tão próxima. Sua mãe fora a única que a compreendera. Ela sabia o que era ser sufocada por eles. Mas, mesmo com os protestos de Kate, ela insistia em enviar dinheiro todos os meses. Mesmo que Kate insistisse em não querer e não usar.

Agora, ela teria seu próprio salário. Poderia mudar seu velho carro enferrujado e poderia mais ainda, trilhar um caminho que poderia dizer que fizera sozinha. O sobrenome de seu pai não fora o responsável por suas conquistas.

^*^

Enfim, a faculdade chegava ao fim. As provas finais estavam com os dias contados, o cansaço extremo de tentar se desdobrar nos estudos e na transferência de seu cargo no informativo tomaram todo o seu tempo. Emocionara-se na festa de despedida que fizeram para ela na redação.

Kate via o entra e sai dos alunos nos apartamentos do campus. Alguns bronzeados, vindos de destinos paradisíacos, outros resfriados devido aos tempos gélidos na cidade. O campus fervilhava de estudantes, os corredores dos prédios estavam uma correria. Alunos em desespero por causa de baixos desempenhos, outros satisfeitos e preparados para o próximo período letivo e ela e os seus colegas, que não viam a hora de ver chegar a festa de formatura.

As semanas transcorreram rapidamente e, quando a cerimônia de formatura estava próxima, Kate recebeu, enfim, notícias de Lana.

— Alô?

— Kate? — perguntou a voz débil do outro lado da linha.

— Lana? É você? Meu Deus, onde você está? — ela questionou em tom ansioso. Algo na voz de sua amiga ativara seu instinto protetor. — Lana... já está na hora de você voltar e reprogramar seu calendário letivo, você não deu mais sinal de vida... por onde você anda?

— Eu... Eu estou voltando pra casa... Para o Kansas, quero dizer... — falou em tom choroso.

— Como assim? Lana... Como assim? Você vai abandonar a faculdade? — perguntou assustada.

— Sim... Eu sinto muito... — ela disse e Kate escutou os soluços do outro lado.

— Lana... Querida... Por favor... Conta o que está acontecendo... — Kate insistiu.

— Estou grávida — ela respondeu e Kate ouviu sua amiga fungar do outro lado da linha.

— Oh, Deus... — Kate afundou no sofá. Pronto. O destino que Lana sempre temera, enfim, aconteceu. Ela saíra do Kansas com medo de se tornar uma jovem parideira, e agora, estava retornando como uma. — Lana... e o... imb... digo, Paul?

O silêncio que se seguiu foi constrangedor. Kate podia sentir que sua amiga estava envergonhada e podia sentir também uma raiva crescente dentro dela, porque já sabia qual seria a resposta.

— Ele se mandou, Kate. Deixou-me sozinha no motel na Califórnia e surtou. Só estava com dinheiro para voltar pra casa. Pensei em ir aí, ver você e Fay, mas perdi a coragem porque você sempre me avisou que ele faria isso. Eu deveria ter dado ouvidos quando pude. E tenho certeza de que Fay gostaria de praticar suas aulas de boxe na minha cara — ela disse em uma tentativa de humor.

— Lana... — Kate falou em tom pesaroso. — Amiga... E agora? Você falou com sua mãe?

A mãe de Lana era uma ferrenha fazendeira no Kansas. O pai fugira de casa cedo. O histórico de Lana envolvia homens que as abandonavam, e sua sina não foi diferente.

— Ela me mandou voltar. Disse que cuidaria de tudo...

— Cuidaria de tudo não envolve a prática ilícita de aborto, não é, Lana? — Kate a inquiriu com medo da resposta. Ela sabia que situações complexas muitas vezes requeriam medidas extremas.

— Não! Por Deus. Minha mãe nunca aceitaria uma barbaridade dessa. Eu sinto que a decepcionei, mas ela me ama e quer criar o bebê junto comigo. Ah, Kate... O que eu fui fazer... — disse e continuou a chorar. Kate só podia estender seu consolo por telefone naquele momento. Se pudesse, pegaria um avião e iria se encontrar com a amiga e oferecer o ombro amigo.

— Vai dar tudo certo, querida. Você vai ver. Sua mãe é ótima e vai ser a força necessária que precisa agora... Eu queria tanto estar aí pra te ajudar...

— Eu sei... A formatura se aproxima?

— Sim e na semana seguinte já começo a trabalhar num escritório jurídico, não posso largar tudo de uma hora pra outra, se pudesse...

— Ah, Kate... Tudo bem... Nossa... Sempre soube que você seria um estouro... Estou feliz por você... — disse numa voz suave.

— Eu sei, amiga. Mantenha-me informada. O que você vai fazer com o resto das suas coisas?

— Nossa... nem pensei nisso... Quero dizer... pensei... que estou te deixando na mão com as minhas tralhas largadas, não é? — disse triste.

— Não se preocupe com isso. Vou colocar a Fay para ralar e empacotamos tudo... E vou deixar o quarto vago especialmente para quando você vier. Com tempo e um bom planejamento, voltará a morar conosco em breve. Você não resistirá viver afastada de nossos belos corpinhos — falou e riu. Ficou contente quando escutou as risadas de Lana do outro lado. — Assim que eu puder, eu vou te ver na casa da sua mãe, tá? Eu prometo.

— Vou esperar, amiga.

As duas conversaram mais alguns instantes e encerraram a ligação. Kate sentiu o coração apertado. Ela sabia que Lana era frágil desde que se conheceram. Influenciável pelo namorado que abusava de sua bondade latente. Lana era tão ingênua quanto as estatísticas afirmavam sobre as garotas do campo. Kate a tinha como uma irmã mais nova, embora as duas tivessem a mesma idade, 24 anos. Seis anos juntas e dividindo o apartamento as tornaram grandes amigas. Fay provavelmente quereria espancar o namorado de Lana por fazê-la sofrer daquela forma.

Lana não era muito de sair, tal qual Kate. Elas perderam as contas de quantos finais de semana passaram apenas sentadas no sofá, no início da faculdade, feriados e férias, lendo livros de romance e trocando ideias sobre filmes e personagens favoritos. Ao contrário de Fay, que nunca ficava em casa e era praticamente um rojão aceso em comparação às aventuras sexuais das duas amigas. Até que cada uma acabou arranjando companhia masculina e as atenções foram divididas.

Kate sempre quisera que Lana fosse resoluta, como ela havia sido, quando namorara Mike. Ela percebeu que o lance não iria fluir de maneira racional e encerrou o episódio sem medo de ser feliz, por mais que tivesse levado tempo para isso. Lana não. Vira-se presa dentro de um relacionamento mais doentio do que o que Kate tivera. Paul Kingston era um imbecil. Imprestável e absurdamente mimado, garoto de fraternidade. Kate soubera desde o início que o interesse dele pela beleza loira de Lana era temporário. Ele nunca assumira o romance diante de seus amigos. Nunca a levara para conhecer sua família. E fizera com que Lana largasse todos os seus passatempos em prol dele. Enfim, ele era um egoísta que engravidara sua amiga e a largara num motel de beira de estrada. Se ela encontrasse com Paul num futuro próximo, seria capaz de arrebentar a cara dele. Em companhia de Fay, claro.

Capítulo Cinco

A noite do coquetel, ao qual foi convidada pelo Dr. Magnum, chegou e Kate estava simultaneamente ansiosa e tranquila. Ele havia confidenciado que não gostava desse tipo de eventos sociais, mas que eram extremamente necessários no meio em que trabalhavam. O famoso promotor Alexander Bergman estaria lançando seu novo livro e o Dr. Magnum enaltecera bastante a atuação do jovem promotor.

Kate se vestira de maneira formal, porém elegante, e diferente do habitual que sempre usava no escritório. Um vestido preto bonito, com uma pequena fenda lateral tornava o traje sóbrio bastante sexy. Os cabelos foram arrumados em um elegante penteado puxado para o lado e uma maquiagem singela completava o visual. Ela esperava não fazer feio na presença de seu chefe, então se esforçara para fazer jus ao convite.

Ao chegar ao evento, bastante frequentado e disputado, por sinal, encontrou o Dr. Magnum, que prontamente colocou sua mão delicadamente em seu braço e a guiou pelo hall do salão iluminado e lindamente decorado.

— Deixe-me ser um velho feliz esta noite, querida, e me dê a honra de manter em minha companhia tão agradável beldade — disse zombeteiro e lhe deu uma piscada.

Kate sorriu e permitiu ser guiada pelo chefe e adorável senhor, que, com sua elegância e delicadeza, conquistara-a desde o início. Kate o associara a uma figura paterna, pelo modo como ele tratava a todos que estivessem ao seu redor, debaixo de suas asas.

— Se você nunca conheceu o Dr. Alexander Bergman, querida, esse é o momento... vê aquele homem rodeado de bajuladores? — Ele esperou Kate situar o olhar e acenar a cabeça — Ele é o cara. Um dos melhores promotores do Estado.

Kate se surpreendeu com o promotor. Tinha um ar meio grunge, com barba, cabelos longos e aloirados, apesar de estar vestido com um terno impecável. A palavra "bonito" não se encaixava muito bem a ele, mas certamente era muito atrativo. Seu olhar era cheio de audácia, mas apresentava uma presença opressora que amedrontaria qualquer um à distância. Havia uma dúzia de homens e mulheres que ouviam sedentos o que ele estava dizendo.

Kate pôde notar a elegância de todos os frequentadores ali. As mulheres bem maquiadas, bem vestidas e com ares prepotentes. Os homens em suas roupas sóbrias e sociais, alguns um pouco mais informais com blazers, sem a presença de gravatas. O som ambiente era acalentador e evocava uma atmosfera charmosa ao ambiente.

— Veja, Kate, aquela jovem senhora ali ao lado. — O Dr. Magnum lhe deu um leve puxão no braço. Kate se viu forçada a voltar à realidade.

— Sim, a loira com vestido azul royal? — Kate perguntou.

— Ela mesma. Céus, surpreendo-me com a sagacidade de vocês mulheres em observarem as roupas e definirem as cores por uma cartela avulsa de colorimetria — ele disse e riu. Kate o acompanhou. — Para nós homens existem apenas as cores básicas. O vestido é azul. E pronto.

— Não, Dr. Magnum, se o senhor tivesse que diferenciar uma pessoa pelo traje, mesmo que fossem semelhantes, com certeza a cor e o corte do modelo seriam observados. Veja aquela outra mulher ao lado do balcão de bebidas — ela disse e percebeu que o Dr. Magnum observava. — A cor de seu vestido também é azul, porém num tom mais claro, percebe?

O Dr. Magnum deu uma risada bem humorada.

— Com certeza, minha querida. E agora percebi que o colar de diamantes dela é realmente bem maior.

— Exatamente. Para compensar a deficiência do traje. Aquele tom de azul não combina com muitos tipos de pele — Kate devaneou. — Mas voltemos à mulher.

— De traje azul royal — o Dr. Magnum completou e riu. — Certo, ela é a responsável pelo setor jurídico da grande corporação Grey, você já ouviu falar?

Kate negou com um leve aceno de cabeça.

— Eles buscam no mercado empresas que estejam aptas a serem incorporadas em seu grande conglomerado, de modo a evitar fraudes e irregularidades de toda espécie e gênero.

Kate observou atentamente a mulher e o grupo com o qual conversava abertamente. Os homens que a rodeavam absorviam suas palavras como se fossem pérolas de sabedoria, porém, Kate percebera um ou outro olhar mais intenso ao decote de seu vestido. Homens. Definitivamente estavam às vezes muito mais ligados ao exterior do que ao intelecto de uma mulher.

Enquanto se serviam de uma taça de vinho branco, o Dr. Magnum continuava sua explanação sobre as personalidades ali presentes e as fofocas deliciosas de suas vidas privadas.

— Aquele ali no canto, tentando passar despercebido e muito provavelmente recebendo uma descompostura de sua esposa, é o juiz John Reynolds. Veja bem, ele é jovem, promissor, cheio de garra. Promete ser um nome nos Tribunais. Mas sofre o mal de todo homem bem constituído: os ciúmes doentios de sua esposa.

Kate observou o casal. O juiz era um homem lindo. Talvez com um dos rostos mais belos que ela tenha visto ultimamente, à exceção de Gabe Szaloki. Kate sacudiu a cabeça para afastar a imagem erótica do ardente advogado. O juiz Reynolds era um homem realmente jovem, sério, bem vestido. Usava um par de óculos que apenas ressaltava a beleza de seus possíveis olhos azuis. Kate pudera diferir a cor pela intensidade de seus olhos e pela velocidade com que percorriam o salão buscando, talvez, uma alternativa de fuga da mulher ao seu lado.

— Eles não parecem combinar como casal, não acha? — Dr. Magnum perguntou a olhando. Kate enrubesceu porque fora pega no flagra em seu momento contemplativo.

— Não sei, olhando assim de longe, ela se assemelha muito a essas socialites que ostentam uma beleza sedutora e servem de troféu a seus maridos — Kate disse e se viu remetida a um outro tempo, no qual sabia que este era o projeto que Mike guardava para ela se tivessem se casado.

— É verdade. Talvez ele esteja ainda na faixa dos trinta anos, recentemente sentenciou um caso polêmico e muito controverso sobre o tráfico de entorpecentes. Há de ser um homem meticuloso e cheio de sabedoria em suas escolhas, sagaz, quase sempre certeiro em suas decisões. Mas sabe-se lá o porquê de sua escolha tão óbvia — o Dr. Magnum falou. — Honestamente, acredito que muitos homens precisem de um radar embutido para alerta de perigo. Ou aviso de burrice iminente. Eu o veria emparelhado com uma moça de inteligência acima da média, discutindo dados técnicos em meio a um jantar em sua cozinha bem iluminada, depois, argumentos vis sobre quem levaria os filhos para casa no dia seguinte. Um casamento inteligente e enriquecedor.

O Dr. Magnum falava e Kate visualizava a cena que ele mesmo descrevia.

— Veria-o casado com uma mulher linda, para ficar à altura

de seu garbo, mas com uma inteligência sobrenatural. Alguém como você, Kate. Genialidade versus Sagacidade — ele disse e a olhou.

Kate quase engasgou com o vinho.

— O quê?

— Isso mesmo. Você tem tudo para conseguir fazer um bom casamento com um homem que seja compatível com a sua inteligência. Não se deixe nunca cair nas garras de um homem que não tenha nada a oferecer a você em quesito de intelecto.

Kate estava surpresa com o comentário do Dr. Magnum. Não fora nada ofensivo ou com intenções escusas, mas ver o Dr. Magnum divagando sobre sua vida amorosa era, no mínimo, estranho. E perturbador. Para mudar de assunto, ela voltou ao tema mais leve.

— E o que ela faz, Dr. Magnum?

— Gasta o cartão de crédito do marido?! — ele mais afirmou que perguntou.

Kate realmente pensou que nunca conseguiria compreender o porquê de algumas mulheres viverem à margem ou à sombra de um homem, sem objetivos de vida, porque isso soava sem sentido. Deveria sempre existir um sonho para se lutar, um projeto a realizar, algo a aprender. Kate se via como uma mãe de família, dona de um lar estruturado, mas com uma carreira a seguir. Estando ela satisfeita com sua vida profissional, tudo poderia se encaminhar a um bem estar maior.

Os dois riram e ela e o Dr. Magnum se aproximaram de um grupo de advogados do escritório, que conversavam animadamente entre si. Ele fez as devidas apresentações e se afastou por um instante, com intuito de saudar um velho amigo.

Fay apareceu às suas costas, interrompendo seus

pensamentos — Que festa tediosa, Kate! Ainda bem que cheguei atrasada. Espero já ter perdido a palestra e ir direto ao que interessa, o jantar. Estou morrendo de fome.

Isso era um coquetel e não uma festa. E tudo estava sendo absolutamente agradável, Kate pretendia dizer ao se virar para encará-la, ficando boquiaberta.

— Uau, Fay, você está escandalosamente deslumbrante! — Kate falou surpresa ao ver a amiga. Combinando com o tom de seu cabelo, que se encontrava solto em cascatas pelas costas, ela vestia um longo vermelho escarlate, com uma frente-única de chiffon, exibindo um generoso decote que evidenciava seus bem desenvolvidos seios. O vestido era puramente sensual, mas sem perder a elegância: descia de forma justa, ressaltando seu corpo bem torneado. Levava apenas um pequeno par de brincos de diamantes, conjugado com uma leve maquiagem que se notava apenas pelo batom, de igual tom do vestido. Os saltos eram altíssimos, em tom nude.

— E daí? O vestido anda sozinho pela sala, ele fala por si só. É um Versace. Ao menos foi isso que me disse a promotora que o emprestou. Não pensou que eu viria trabalhada no couro, né?! Bem que eu queria, seria mais prático — resmungou Fay.

— Fay, você está um arraso — Kate riu e disse. — Como uma avessa aos ditames da moda, claro que não imaginava couro, bom, quase ele, mas não isso — brincou Kate. — E você devia estar agradecida pelo Dr. Bergman ter estendido o convite para todos os funcionários do departamento, é uma boa oportunidade para conhecer o meio.

— Ah, Kate, sermão agora não. E ele só distribuiu convites como um panfletário de rua, porque é um exibido, isso sim. Nunca vi uma mistura mais atroz de bad boy + abusado + algo como...

— Candura — Kate completou para Fay. — Consigo

enxergar uma pitada de candura naquele perfil imponente. Talvez se ele tirasse aquela barba...

— Candura minha bunda. Bom, tive que vir por obrigação. E já que estou aqui, porque não me apresenta seus futuros colegas de trabalho? — ela perguntou e ergueu as sobrancelhas maliciosamente.

— Certo.

Foi uma surpresa saber que Fay também iria ao coquetel, não sabia que ela conhecia o promotor da Divisão Criminal do Departamento de Justiça. Bom, sabendo que o desejo de Fay, depois da graduação, era começar a carreira como promotora assistente, natural que se conhecessem mesmo.

Feitas as apresentações gerais, Kate acompanhou o bate papo mesclado de jargões jurídicos acerca do tema a ser explanado pelo autor do livro.

— Ora, falando no homem, ele aparece — o Dr. Kevin Bullock disse ao promotor que se aproximava. Kate pôde ver que os olhos dele eram verdes e brilhantes, como os olhos de um gato. Naquele instante, outro par de hipnóticos olhos verdes veio à sua memória. Kate sacudiu a cabeça para afastar a lembrança de Gabe Insuportável Szaloki.

— Kevin, parabéns pelo sucesso com o caso do desvio de verbas, todos lá no departamento estão comentando sobre isso — ele disse e deu um gole em sua bebida.

— Ah, obrigado. Nossa equipe como um todo merece esse crédito. É bem verdade que forjando um sistema único de dados com a cooperação dos órgãos governamentais, como o doutor insiste em falar, ajuda bastante. O trabalho rendeu muito mais do que renderiam nossas habituais investigações particulares.

— Esperamos que essas novas técnicas investigativas nos

auxiliem ainda mais no combate às fraudes — disse uma advogada morena, de vestido vinho.

— Sem esquecer que esse novo movimento liderado por nosso querido promotor está alcançando as mídias e ganhando apoio popular — disse o Dr. Magnum, que voltava a se juntar ao grupo.

— E isso contribui para o rompimento das barreiras que as grandes corporações colocam ao redor de nossos legisladores. Com a pressão popular e midiática, fica mais fácil o Congresso alterar nossa legislação, combatendo essas ilicitudes de forma mais direta e rigorosa — disse Kate enquanto Fay revirava os olhos.

A atitude de Fay não passou despercebida por Bergman, que sorriu brevemente em sua direção. Ele simpatizou rapidamente com Kate, quando ambos começaram a conversar sobre o assunto. Interessada, Kate fazia perguntas sobre alguns dados estatísticos da pesquisa dele, e Fay, observando o interlúdio, viu-o responder com graciosa atenção.

— Bergman, nós, da velha escola, ficamos animados ao ver tamanho engajamento de um jurista talentoso como você. Sua equipe luta brilhantemente por uma modernização em nosso sistema legal, que já é necessária faz tempo.

— Ah, não por isso, Dr. Magnum, assim lutamos todos nós. Você sabe, jurista é todo aquele homem apaixonado que persegue aquela bela e inconquistável mulher que se chama Justiça — brincou o promotor, citando uma frase famosa e provocando risadas entre as pessoas do grupo. Kate viu que, enquanto ele proferia essas palavras, olhava diretamente para Fay, com algo mais no olhar.

Quando Bergman se voltou para continuar sua conversa com Kate, ele foi prontamente chamado pela equipe da organização do evento para iniciar a pequena palestra, seguida pelos autógrafos que daria aos interessados. Kate seguiu seus passos com o olhar e, curiosa, virou-se para indagar a Fay sobre o ocorrido, quando se deu conta de que ela não estava mais ali. Então, pediu licença ao Dr. Magnum e se dirigiu ao toalete para retocar sua maquiagem ou apenas respirar um pouco de ar puro.

Observou que tudo estava devidamente em seu lugar e saiu para o corredor iluminado. Quando passou ao lado de uma coluna de granito, foi surpreendida pela presença de Peter Foster.

— Kate! Só agora conseguimos nos falar, como vai? Está gostando do coquetel ou achando entediante?

— Estou bem e o coquetel está bem interessante, obrigada por perguntar.

— Venha, quero te apresentar algumas pessoas — disse Peter, já a segurando pela mão, rumando ao grupo do qual falara.

Chegando lá, Kate pôde ver que era um grupo de jovens políticos. Uma jovem loira estava ao lado de Peter, com um ar de enfado gritante. E conversava com uma morena de arrasar quarteirão, que estranhamente segurava dois cálices na mão. O que para uma observadora nata como Kate era, só poderia significar que ela estava acompanhada e aguardando alguém.

Ela achou instigante a presença deles ali. Parecia que pelo menos a ala vanguardista da política estava achando interessante o que o Dr. Bergman tinha a dizer.

— Pessoal, apresento-lhes Kate, a nova advogada assistente do escritório — ele disse ao grupo e Kate se viu observada por eles. E pela jovem loira que a olhava com os olhos entrecerrados.

— Parabéns, Kate — murmuraram alguns.

Antes que ela pudesse responder, Gabe Szaloki se juntou ao grupo e falou:

— Parece que ela é a futura jovem advogada prodígio da firma e do meio jurídico — ele disse em tom descontraído, pegando a taça de vinho da mão da morena espetacular. Agora estava explicado. Se houvesse uma modelo em um raio de um metro quadrado em algum evento daquele porte, com certeza seria a acompanhante de Gabe Szaloki.

— Dr. Szaloki, não sabia que conhecia Kate — Peter falou.

A loira acompanhante de Peter exalou um suspiro alto e, se um olhar pudesse matar, com certeza Kate estaria no paredão da morte naquele momento.

— Eu a conheço. Tivemos um embate interessante ao final de uma audiência, tempos atrás.

A palestra do Dr. Bergman começara e o discurso teve início.

"Precisamos enxergar adequadamente quais são os obstáculos que hoje existem no combate às organizações criminosas na área empresarial. Esse presente estudo traz a possibilidade real de fazermos estratégias integradas..."

— Essa integração é essencial para qualquer tipo de combate às fraudes, inclusive na esfera política... — Kate falou em voz alta sem ao menos perceber o feito.

— Err, na verdade, o promotor está falando sobre fraudes empresariais, cujo título do livro informa — falou Peter tentando, sem sucesso, sair da saia justa em que ela os meteu no meio do grupo de jovens políticos que a olharam com expressão interrogativa.

— Mas a ideia central é extremamente perspicaz, basta trazê-la para a área de atuação que quiser. Você pode utilizar o mesmo método para identificar várias atividades ilícitas. E essa integração toda entre os órgãos governamentais, só traz eficácia ao... — ela foi interrompida novamente por Peter.

— Verdade, mas acho melhor assistirmos a palestra agora, Kate — informou Peter num tom carinhoso e lançando olhares para o grupo, como que dizendo a ela para evitar a conversa por causa deles.

Kate sentiu uma mancha vermelha se formar em suas bochechas.

— Não, prossiga. Você tem absoluta razão, Dra...? — Szaloki fez uma tentativa frustrada de salvar o orgulho de Kate quando Peter fez menção em calá-la, mas acabou deixando-a aborrecida, já que demonstrou claramente que sequer sabia ou se lembrava de seu nome. Isso porque ele mesmo alegou se lembrar dela na fatídica audiência.

— Campbell — ela diz.

— Dra. Campbell — ele disse e continuou. — Com essas novas técnicas persecutórias, vemos com mais amplitude as fraudes em geral, o que nos ajuda a indicar com maior precisão os responsáveis pela reparação dos danos e, no caso, as sociedades empresariais.

Kate não pensara nessa questão da responsabilidade civil, apenas ampliou a aplicação da técnica.

— Mas a questão da responsabilidade é algo a ser analisado... — ela respondeu e os dois começaram a trocar algumas ideias interessantes sobre os aspectos que estavam sendo discutidos pelo palestrante. Alguns jovens passaram a olhá-los com certo ar de hostilidade, enquanto outros estavam ansiosos para se engajarem na conversa, mas não tiveram oportunidade, já que Peter os distanciava, sugerindo que tomassem os assentos para assistir à palestra com mais conforto.

— Dr. Szaloki, esse ponto de vista é...

— Gabe, me chame de Gabe — ele pediu, mas parecendo uma ordem sutil.

— Então, me chame de Kate, assim poderemos minimizar

as formalidades... — ela disse e se deliciou com o som do riso de Gabe.

Só agora Kate percebia que eles estavam sozinhos. A loira de Peter fora embora dali e ela sequer notara. E a morena dele desaparecera do ambiente.

Um silêncio constrangedor reinou entre eles. Kate de repente se sentiu meio sem jeito sob o olhar perscrutador de Gabe. Para quem pensava que roupas personalizadas eram coisas de gente careta, não tinha visto de perto o que uma roupa sob medida fazia ao corpo de um homem. Gabe estava vestido com um terno listrado, camisa simples e gravata discreta, mas que se adaptavam perfeitamente ao seu corpo.

Fazendo-a voltar à realidade, Gabe disse:

— O Sr. Powell estava me contando ainda há pouco sobre o compêndio que a editora dele vai lançar, com você como uma das coautoras. Parabéns, Kate. Ele disse ter ficado muito impressionado com o artigo que você publicou na Jus América.

— Ah... — disse ela um pouco sem graça. — Você leu? — Kate questionou.

— Li — disse um risonho Gabe monossilábico.

— E? — ela perguntou agora sem esconder a ansiedade na voz, fazendo-o sorrir abertamente.

— Achei muito bom, Kate. Levando-se em consideração que não teve acesso integral aos autos do processo, o estudo do caso foi muito bem feito, apesar do desfecho ter sido diferente daquela conclusão que você mencionou para mim no Tribunal.

— E como tem essa certeza? — ela indagou.

— Reabrimos as investigações para nos certificar de alguns procedimentos, dentre eles, a história do Louboutin, que tinha sido previamente encomendado e pago pela vítima... — Gabe disse brincando. — Mas logo veio a notícia de que o processo foi reaberto com algumas informações retidas de maneira ilegal pela vítima. Inusitado, não é mesmo?

— Ah... — Kate se sentiu um pouco tola por ter atirado na cara dele, naquele fatídico dia, fatos que acabaram por colocar a reputação de Szaloki e sua firma em jogo.

Como se adivinhasse seus pensamentos, Gabe disse: — Mas esse resultado não tira o mérito do nosso trabalho. Isso nos tornou mais conscientes sobre as possíveis reviravoltas que um caso, praticamente entregue e bem engendrado, pode ter ao final, quando visto por outros olhos imparciais. Aliás, há tempos que alguém não me fazia duvidar de um caso. Naquele dia, suas palavras me pegaram de surpresa, fazendo com que reabríssemos as investigações, coisa que nunca fiz. Não que eu me lembre.

— Ah, é? Por quê? O poderoso chefão é infalível? — disse insolentemente Kate, sentindo-se ressentida sem razão. Embora sentisse uma pequena fagulha de orgulho em ter enfim apontado um detalhe que passara despercebido ao poderoso Gabe Szaloki, ela também não gostara do fato de colocar sua credibilidade em jogo.

— Não precisa sentir-se culpada em apontar uma falha de julgamento de um colega de classe, Kate — ele disse prontamente. — Embora talvez seja mais apropriado emitir sua opinião de maneira discreta para evitar o sentimento de tirar o tapete de um possível adversário.

— Nossa, não sabia que era psicanalista nas horas vagas — ela disse sarcástica. — E quem falou que eu me sinto assim?!

Gabe deu um pequeno sorriso antes de lhe responder seriamente. — Ninguém. Só estou fazendo um comentário.

— Certo. E o que mais o Sr. Powell disse a você sobre o compêndio? — ela falou querendo mudar de assunto.

— Ah, comentou que além de você, outros jovens formandos irão participar do projeto, com a intenção de que escrevam sobre uma determinada disciplina, fazendo uma síntese geral para alunos iniciantes do curso de direito.

— Sim, não esperava o convite, fui pega de surpresa, tal como quando recebi a proposta de trabalho da Magnum & Foster. Aliás, me diga uma coisa. É verdade que você realmente pensou em me integrar à sua equipe há algum tempo?

Gabe a olhou demoradamente, avaliando qual seria a resposta certa a dar a Kate.

— Sim. Cheguei a pensar.

— E porque desistiu? Ou nunca sequer se manifestou sobre isso? — ela perguntou a título de curiosidade.

— Porque eu faço questão de manter meus relacionamentos pessoais separados do trabalho — ele disse e bebeu de uma só vez seu drinque.

Kate sentiu um arrepio percorrer seu corpo de maneira imprópria. Ela não sabia se a irritação estava em graus agudos pelos sentimentos que Gabe a fazia sentir ou pelo descaramento dele.

Kate bufou e falou em uma voz irritada:

— Você realmente se acha muito seguro de si, não é mesmo?

— Só por que sempre vou em busca do que eu quero, gatinha? — ele perguntou zombeteiramente.

Kate ficou olhando estupefata a ousadia dele. Ela sentiu seu temperamento vir à tona. Ganas de agarrar o infeliz e estapear aquele belo rosto barbeado, arranhar e retirar aquele sorriso infame de seu rosto convencido. Quem ele pensava que era? Conversando com ela por apenas alguns minutos e já se dando a intimidade como essa. Ele estava louco?

— Você é um descarado. Nem sequer lembrava meu nome! Como ousa falar uma coisa dessas? — Gabe Szaloki mexia com seus nervos. E agora mais ainda.

— Kate — começou Gabe só para ser interrompido por ela.

— Sua companhia não fica irritada de ser deixada de lado, enquanto você passeia pelo salão? — ela perguntou em tom cortante.

— Não, e minha companhia era só uma amiga que já foi embora por causa do trabalho. Além disso, odeio mulheres possessivas — ele disse e lhe deu uma piscada. — Aceito apenas uma pequena parcela de posse, quando o momento requer.

Kate corou sob o comentário insinuado. Imagens de lençóis enroscados perturbaram momentaneamente sua mente. Enquanto ela estava abstraída com esses pensamentos, ele se aproximou e colocou uma mão na base de suas costas, deixando-os bem perto um do outro.

— Nomes à parte, parece que desde que nos conhecemos estamos destinados a sermos pegos de surpresa um pelo outro — ele disse baixinho, entrelaçando sua outra mão com a dela enquanto falava. — Sinto sua pulsação acelerada tanto quanto a minha, o que parece dizer que meu interesse é correspondido.

Ela puxou a mão da dele e rapidamente colocou um espaço entre eles. Sentia o coração batendo na boca e a pele formigando como se precisasse ser tocada. Aos poucos, sua mente foi clareando e ela olhou ao redor para ver se alguém tinha notado aquele breve contato, mas felizmente, parecia que não. Uma onda de fúria se ergueu dentro dela.

— Você é... Você é... Extremamente prepotente! — disse Kate injuriada. — Acha que me tem com essas meias palavras? Quem diria. "Dr. Szaloki", um belo doutorzinho de araque. Lamentável que ainda existam homens como você no mundo.

A fúria de Kate só aumentava enquanto Gabe assistia ao seu discurso, agora com um amplo sorriso no rosto, aparentemente achara a ofensa de Kate muito divertida. No meio da situação ultrajante, Bergman apareceu para se interpor.

— Não sei muito bem o que estou interrompendo — disse Alexander olhando com curiosidade de um para o outro — mas preciso dar um abraço no meu amigo aqui. Gabe! — ele falou enquanto o abraçava — Até que enfim nos vemos. Kate, acredita que somos amigos da época da Universidade, mas só nos vemos assim, em eventos sociais? Isso é vergonhoso. Gabe, escuta, preciso atender algumas pessoas, mas queria conversar com você.

— Não vou embora agora — disse Gabe ao amigo.

— Ótimo, nos falamos mais tarde — Alexander disse e se despediu.

Sem terem tempo para continuar de onde pararam, o Dr. Magnum apareceu em busca de Kate.

— Querida, vamos nos dirigir à nossa mesa? O jantar será servido. Sou um homem velho e necessitado de alimentos — disse o Dr. Magnum e sorriu para eles.

Kate assentiu com a cabeça, deixando Gabe sozinho com um olhar inescrutável no rosto. Kate sentiu uma pontada de ódio brotar dentro de si com tamanha pretensão.

Agora a imagem que guardava dele era a da prepotência em forma de homem, até mesmo porque ela sentia seus olhares a seguindo pelo salão. Mesmo se ele não tivesse ido até ali acompanhado, ainda era deselegante o suficiente para observá-la com seus olhos de águia.

Szaloki não conseguiu tirar os olhos da jovem que acompanhava Joseph Magnum. Ele se recordava dela do dia da audiência alguns meses atrás, ficara intrigado, já que ela reparara em um detalhe que, para ele, passara despercebido. Recordava-se agora do Dr. Montgomery, em sua arrogância extrema, afirmar que a jovem era uma genialidade na área jurídica. Uma promessa.

Em seu breve, porém, interessante diálogo com ela alguns minutos atrás, percebera a inteligência de seus comentários, as observações bem humoradas em determinados tópicos da conversa e o quão atrativa ela se tornava quando ficava irritada. E a olhando mais atentamente agora, deu-se conta do porquê não esqueceu completamente dela desde a audiência, embora não se lembrasse de seu nome. Era linda. Absolutamente, um frescor de jovialidade, mesclada com uma aura de intocabilidade. O corpo dela era o que poderia ser descrito como sensacional, com curvas em todos os lugares. E as pernas... Deus... Ele não conseguia se desfazer da impressão de suas pernas. Eram absolutamente espetaculares. Começou a imaginar as mesmas enroladas ao redor de seu corpo como uma serpente em um abraço mortal.

Gabe dirigiu-se sozinho para o jantar, tomando seu assento e se remexendo na cadeira, incomodado pelo rumo de seus pensamentos impróprios. Ele não conseguia desviar os olhos de Kate Campbell, sentada entre Joseph Magnum e Peter Foster, conversando animadamente com eles.

O que ela representaria para Peter? Notara de imediato o interesse de Peter por ela. Será que era recíproco? Será que a intenção de Peter era tê-la tanto profissionalmente quanto na área pessoal? Será que ela era dessas mulheres que, apesar de uma inteligência acima da média, para se sentir segura precisava construir sua carreira à sombra da proteção de um advogado de carreira sólida? Não que Peter fosse algum Às no mundo jurídico, mas filho de quem era, já tinha carreira e patrimônio garantidos desde que nascera. Seria aquela a intenção dela?

Capítulo Seis

A festa de formatura no fim de semana anterior tinha sido maravilhosa e emocionante, risos e lágrimas marcaram o encerramento de uma fase que seria inesquecível para Kate. Começando uma nova página de sua vida, podia dizer que estava em êxtase em sua primeira semana de trabalho como advogada assistente no escritório.

Os casos que lhe eram passados para assessorar eram de pouca complexidade, tranquilos. A maioria, processos administrativos ou casos de seguros. Parecia que eram bem criteriosos com os assistentes. Conforme eles iam se adaptando ao trabalho e demonstrando eficiência e, diga-se de passagem, os três eram muito bons, num crescente iam surgindo casos mais complicados para ver até onde podiam ir. Kate mal via a hora de a brincadeira começar para valer.

Além disso, percebeu que o interesse da parte de Peter Foster crescia em outros âmbitos.

Ele era um homem charmoso, gentil e educado. Muitas vezes, Kate ficava até mais tarde analisando algum processo de maneira cautelosa e Peter aparecia para levar um café ou chá. Seus olhos irradiavam um tom de candura que fazia Kate sorrir. Mas era totalmente errado. Relacionamentos dentro de escritórios tendiam a se tornar fiascos ambulantes, e eram extremamente contra as políticas da maioria das firmas, exatamente para evitar constrangimentos passionais entre os profissionais.

Evitava qualquer tipo de investida de Peter porque os dois urubus assistentes que trabalhavam com ela fomentavam fofocas infames sobre o fato de ser a preferida de Foster. Assim, ela deixava a vida seguir adiante.

Trabalhar como advogada assistente em uma firma de grande porte trazia benefícios e malefícios. Os benefícios eram o enriquecimento que trazia ao seu currículo e a experiência que iria adquirir, ficando ou não ali.

Os malefícios vinham com os olhares rancorosos de seus colegas de trabalho. Muitos a olhavam com despeito e até mesmo insinuações maliciosas sobre ela e Peter. Kate não era adepta de ficar se martirizando pelo que as pessoas poderiam pensar ou deixar de pensar sobre ela, conhecia seu potencial e capacidade de trabalho em fazer o melhor.

Estava em uma sexta feira nebulosa. O processo que lhe fora entregue era de difícil resolução, e já havia pesquisado toda a jurisprudência possível para tentar formar os argumentos cabíveis na sua tese de defesa.

A cabeça estava latejando. Sentia uma onda de calor e sabia que muito provavelmente seu ciclo estava próximo, o que lhe daria uma belíssima avalanche hormonal em breve. Rindo sozinha do seu devaneio, Kate sentiu a presença de Peter ao seu lado.

— E então, Kat? — Peter usava a redução de seu nome para brincar com a possibilidade de um apelido fofo, mas Kate não gostava muito da ideia. — Está tão concentrada, querida... alguma dúvida? — disse e se sentou na borda de sua mesa.

Kate se ajeitou e esticou o corpo dolorido. Horas sentada na mesma posição a deixavam totalmente necessitada de uma aula de pilates. Alongou o pescoço e não percebeu os olhos de Peter acompanhando seus movimentos, bem como suas curvas suaves sendo delineadas no tecido na blusa.

Quando ergueu os olhos, notou as chamas ardendo no fundo daquelas íris esverdeadas. Kate reconhecia desejo quando via. Podia não sair muito em encontros românticos e fazia tempo desde que se envolvera com outra pessoa, mas sabia quando a luxúria corroía a alma de alguém. E era exatamente isto que via nos olhos de Peter Foster.

Ela se ajeitou prontamente e tentou manter a pose o mais profissional possível.

— Ah... realmente... este caso está me deixando com os cabelos em pé. Não consigo encontrar uma brecha que me permita armar a defesa do réu.

— Kat, posso ajudá-la, você sabe. Já ofereci meu auxílio inúmeras vezes, mas você recusou todas. Não é uma fraqueza compartilhar e necessitar da ajuda de alguém mais experiente, entende? — ele falou em tom condescendente.

— Eu sei. Desculpe-me. Acredito que o orgulho me impediu de perceber isso — ela falou resoluta. — E realmente acredito que meu foco pode estar em falha... estou tão cansada — ela disse e apoiou a cabeça no espaldar da cadeira.

Sentiu uma mão cálida acariciar seu cabelo. Ficou tensa porque não queria dar ideias erradas ao advogado.

— Ah...

— Kat... Você sabe o quanto a admiro, não? — ele falou e não retirou a mão de seu cabelo.

— Peter... eu... eu...

— Veja bem... Quero ajudá-la. Profissionalmente. Mas também quero ter uma chance de te conhecer melhor...

— Peter... Não entendo o que você está insinuando.

— Existe uma política explícita de não-relacionamento

entre funcionários aqui dentro. Imposta por nós mesmos, Foster e Magnum. Mas isso não impediu de eu me sentir completamente atraído por você. E estou lutando contra isso desde o dia que você colocou os pés nesse escritório — ele falou.

Kate respirou fundo mediante a confissão de Peter. Fora pega completamente desprevenida. E sequer sacara antes que ele poderia estar interessado, dessa maneira, por ela. Ela não sabia o que dizer.

— Ah... eu honestamente não sei o que dizer...

— Diga que aceita sair para jantar comigo, Kat — falou de pronto.

Kate olhou para Peter e tragou duramente a saliva.

— Peter...

— Vamos jantar. Como dois colegas. Podemos conversar sobre o caso que você está com dificuldade. Sem pressões — ele disse e Kate viu a rusga de um sorriso no canto de sua boca.

— Tudo bem — ela respondeu. — Quando?

— Agora. Neste exato instante — ele falou e se ergueu da escrivaninha. — Pegue suas coisas, Kat. Vou levá-la a um restaurante simplesmente sensacional.

Capítulo Sete

Kate se sentia bem na companhia de Peter. Ele era agradável, gentil e educado. Um homem atencioso em todos os detalhes. E muito atraente. Kate não deixou de notar os olhares femininos quando ele a guiava pelo centro do restaurante italiano, com uma mão pousada delicadamente na parte baixa de suas costas.

Quando pediram seus pratos, tiveram tempo para conversar sobre o processo que estava tirando o sono de Kate. Estavam degustando um bom vinho, uma conversa agradável e Kate estava podendo usufruir de suas dicas preciosas sobre as condutas que deveria ou não tomar.

Havia se passado quase uma hora, quando Kate sentiu a presença de alguém ao lado da sua mesa. Erguendo o rosto, sentiu a cor sumir de sua face quando reconheceu o todo poderoso ao lado da mesa. Ele a olhava com um misto de curiosidade e divertimento.

— Szaloki, que prazer encontrá-lo aqui — Peter disse e se levantou para cumprimentar o advogado.

— Você está dizendo isso agora, certo? Antes da audiência, porque depois tenho certeza que serei o último homem na face da terra que gostaria de encontrar — ele falou com sarcasmo. Mesmo assim ambos apertaram as mãos e deram um abraço de camaradagem.

— Lembra-se da nossa brilhante advogada assistente? —

Peter falou com orgulho mal contido. Era óbvio que ele estava se deliciando com o fato de terem encontrado Gabe.

— Obviamente. Kate, como vai? — disse com um sorriso Colgate.

Kate engoliu em seco. Deu um gole no vinho para ajudar e retornou o olhar para o homem.

— Dr. Szaloki. É sempre uma honra estar ao seu lado — falou com uma irritação comedida, provocada pela reação indesejada que seu corpo manifestava na presença dele.

Percebeu que ele abriu um leve esgar nos cantos dos lábios. Aquilo poderia ser considerado um sorriso? Dificilmente.

— Então, aparentemente, já se formou? E já está trabalhando efetivamente na Magnum? Gostando? — perguntou interessado.

Teatralmente levantando as mãos, Kate disse: — Sim. Sim. Culpada.

Sorrindo suavemente ele disse: — Céus... Você deve ser especial mesmo, hein? Para o Magnum a contratar antes mesmo da formatura...

— Pois é... Fui muito sortuda em ter esta oportunidade — falou e dedicou um sorriso sutil ao Peter. O gesto não passou despercebido a Gabe, que franziu o cenho.

— Você deveria saber que ela fez o exame da Ordem antes mesmo da conclusão do curso. Isso a gabaritou para estar entre os nossos advogados do escritório desde então.

Gabe deu um leve aceno com sua cabeça e continuou em sua avaliação meticulosa da pequena promessa petulante. Ao menos era assim que ele a enxergava. Fora o fato de ser absurdamente exuberante e sequer se dar conta do fato. Ou ao menos, assim ele pensava, já que era nítido o interesse do jovem Foster na moça diante de si. Pelo jeito, ela era uma destruidora de corações.

Em seguida uma loira escultural, saída como de um conto de fadas, surgiu às costas de Gabe e o enlaçou pela cintura pousando o queixo em seu ombro.

— Vamos, Gabe? Estou tão cansada do desfile. Quero descansar... nos seus braços — disse e Kate jurava que a ouviu ronronar.

A cena era patética. Tipicamente machista do ponto de vista feminino. Uma diva loira, esfregando-se em um homem de sex appeal arrebatador. O mais conceituado advogado da cidade, senão do país. Kate jurava que não estava sentindo nem um pouco de inveja naquele instante. E isso porque a imagem mental da morena na noite do coquetel se insinuou em sua mente de maneira pegajosa. Então, o homem se movia rápido mesmo, Kate pensou.

Quando os dois pombinhos foram embora logo após as despedidas, Kate pôde exalar o ar que estava retendo em seus pulmões. Realmente, estar tão perto assim de Gabe deveria ser considerado prejudicial à sua saúde.

Peter se sentou novamente e solicitou café para os dois.

— Havia me esquecido que você já se encontrou com ele antes — ele disse. — Szaloki pode ser um homem difícil quando quer. É um gênio. Tão genial em seu talento que suas atitudes pouco convencionais o tornam um mito mais atrativo ainda. Especialmente aos olhos femininos — disse e sondou sua reação.

— Humm... interessante. Eu particularmente não o acho assim tão atrativo — ela poderia morder a língua pela mentira deslavada.

— Sério? — perguntou meio incrédulo e com uma sobrancelha erguida.

— Sério.

Os dois deixaram o restaurante e, como Peter havia feito questão de levá-la em seu carro, estavam se dirigindo para o prédio do escritório, a fim de Kate pegar seu próprio veículo.

Quando chegaram ao estacionamento coberto do edifício, Peter segurou o cotovelo de Kate antes de ela ter a chance de abrir a porta do carro.

— Kate... — falou em um tom de voz rouco.

Kate sabia o que viria. Resolveu arriscar um pouco a própria sorte e não fazer nada para evitar.

Peter desceu a boca, suavemente a princípio, sobre a de Kate. Seus lábios eram quentes e macios. Percorreram delicadamente a boca carnuda de Kate e ela se deixou levar pela sensação de estar sendo beijada. Os lábios de Peter eram macios e o beijo era singelo. Quase como um leve toque de plumas. Ele segurou seu rosto entre suas mãos e apenas pressionou um pouco mais os lábios junto aos dela.

Em seguida, deixou-a.

Kate não sabia o que dizer. Ela sempre achara constrangedor e embaraçoso um primeiro beijo, por conta dos pudores dela mesma. Ou da falta de resposta calorosa que os homens sempre aguardavam. Deu um sorriso tímido.

— Kate...

— Obrigada pelo jantar e pelos conselhos, Peter. Foi maravilhoso — ela disse sem olhar em seus olhos diretamente.

— Olhe para mim, Kat — ele pediu suavemente.

Os olhos castanhos de Kate se conectaram aos de Peter. Ela viu que seu rosto estava sereno.

— Quero vê-la novamente, okay? — ele perguntou. — Eu sei que teremos que ser discretos, que aos olhos dos outros funcionários seremos apenas colegas e não um casal, mas quero vê-la de novo.

— Sei. Podemos deixar isso para ser resolvido depois, Peter? Deixar rolar? — ela perguntou com um sorriso gentil.

— Posso te apanhar amanhã? — ele perguntou, esperançoso.

Kate sabia que era sábado de descanso. Nada de trabalho. Mas ela realmente deveria colocar alguns trabalhos em ordem.

— Eu preciso organizar algumas coisas da faculdade, desfazer-me de outras.

— E domingo? Posso levá-la para almoçar?

— Tudo bem — disse e Peter desceu do carro para abrir a porta, como um perfeito cavalheiro.

Quando ela estava prestes a entrar no carro, beijou-a novamente, dessa vez, um leve toque de lábios. Kate estava perdida.

Capítulo Oito

Ele dissera que seria um almoço informal, então, ela poderia ficar mais à vontade. Kate colocara um vestido aconchegante para o almoço, deixando os cabelos soltos e levemente cacheados nas pontas, criando um efeito despojado ao seu visual. Olhou o resultado no espelho, os longos cabelos caíam soltos em suaves ondas pelas costas. Um sobretudo completava o visual, já que o clima estava frio para aquela manhã.

Borrifou um perfume no canto das orelhas e saiu para o encontro com Peter. Ela insistiu em se encontrarem no restaurante, já que precisava comprar umas coisas antes. Peter não contestara.

Ao meio dia em ponto, Kate entrava no bistrô francês que Peter sugerira. Ela já havia ido ali antes e adorava a culinária francesa.

Viu Peter sentado à mesa mais ao fundo do restaurante. Quando ele a viu, levantou-se desajeitadamente e lhe deu um olhar apreciativo.

— Kate... Você está... diferente... — falou sem jeito.

— Diferente de forma boa ou de forma ruim? — perguntou sorrindo.

— Uma forma maravilhosa — falou de maneira galante.

— Obrigada.

Os dois se sentaram e conversaram amenidades sobre diversos temas. Desde a política atual ao último lançamento do cinema. Era fácil conversar com Peter. Ele a fazia se sentir confortável. Não sentia aquele comichão de excitação sexual. Mas, se fosse honesta, nem mesmo com Mike sentiu-se assim. Kate acreditava piamente que fosse frígida. Se pudesse admitir um fato, apenas Gabe Szaloki a fizera sentir algo diferente da indiferença habitual. Porém, isso ela não admitiria nunca.

Seria muito cômico se não fosse trágico, o fato de Gabe entrar no mesmo restaurante em que eles estavam. Novamente acompanhado da loira exuberante da outra noite. Como se fosse teleguiado pelo olhar de Kate, ele virou a cabeça e seus olhares se conectaram.

Antes de Kate pensar em algo, ele já estava se dirigindo para a mesa deles com a loira atrás.

— Que coincidência! Temos os mesmos gostos culinários, não é mesmo? — falou alegremente.

— Szaloki... Se eu não o conhecesse diria que está nos seguindo — Peter brincou, mas Kate percebeu um leve traço de irritação em sua voz.

— De forma alguma. Apenas acredito que nossos paladares estão conectados — falou brincalhão.

— Quer nos acompanhar? Num domingo maravilhoso, nada como debater detalhes jurídicos... — Peter convidou.

— Foster, você não vai conseguir me arrancar nenhuma prévia antes da audiência... Mas aceitamos o convite, não é mesmo, Desiré? — falou mesmo sem esperar a resposta dela e já ajeitando a cadeira para que ela se sentasse.

Pelo posicionamento das cadeiras, Gabe sequer percebeu que separou Kate de Peter. Ou percebeu e se fez de desentendido.

Ele colocou Desiré ao lado de Peter e se sentou ao lado de Kate.

— Então... Sobre o que estão conversando? — perguntou e deu-lhe uma piscada indiscreta.

Kate exalou um suspiro exasperado. Ele era um infame. Sem a mínima noção de etiqueta. Tinha um temperamento imprevisível e cheio de momentos estranhos. Mas seu charme era evidente. Quando menos percebeu, deu um sorriso gentil ao seu atrevimento.

— Oh, ela sorri... — ele falou jocosamente.

Peter a olhou e logo deu um olhar atravessado para Gabe. Desiré estava com um ar de enfado.

— E então, Szaloki, seu cliente continua problemático com a polícia? — Peter perguntou rindo.

— Não tanto quanto a sua cliente que anda dilapidando o patrimônio alheio — Gabe retrucou bem humorado.

— Patrimônio que é dela por direito — Peter falou bebendo seu drinque.

Kate observava, curiosa, o troca-troca de informações entre os dois homens. Embora eles mantivessem um clima de camaradagem, ela via nitidamente uma essência de disputa territorial ali.

— Você está dando isso como certo? Não faria isso se fosse você. A administração do inventário do Sr. Hoever Van Dirk ainda está em discussão — Gabe falou, implicando com Peter.

— Ah não, Gabe, esses assuntos chatos ficam no escritório, você me prometeu um almoço tranquilo — disse a chorosa loira que o agarrava pelo braço musculoso.

Embora contra todas as possibilidades, o almoço fluiu tranquilamente. Peter e Gabe conversavam sobre assuntos jurídicos em alguns momentos, e Kate emitia suas opiniões, mas não se manifestava muito, tentando entreter a acompanhante de Gabe com outros assuntos, já que ela não devia fazer a mínima ideia sobre o que estavam discutindo.

Em um determinado momento do almoço, Desiré pediu licença para ir ao toillet e olhou com ênfase para Gabe. Peter recebeu uma ligação e saiu um instante da mesa para atender. Restaram Gabe e Kate. Novamente, um minuto de constrangedor silêncio. Até que Gabe fez o impensável. Pegou a taça de vinho branco que Kate estava bebendo e deu um gole, olhando-a o tempo todo. E foi aí que Kate quase caiu da cadeira. Ela viu um brilho prateado na língua dele. E não poderia ter ficado mais assustada se um Alien pousasse em cima da mesa. Mas descobrir, daquela maneira erótica, que Szaloki tinha um piercing na língua era, absurdamente, surreal.

— Perdeu a língua, gatinha? Ou se lembrando do final da nossa conversa na noite do coquetel? — ele zombou e colocou a taça de Kate à sua frente. A pose descontraída refletia seu espírito livre. E o olhar devastador com que ele a olhava, fazia as terminações de Kate arderem como se estivesse em um prédio em chamas.

— Na... não... — ela respondeu, mas pensou na remota ideia de fazê-lo mostrar a língua para confirmar sua primeira impressão ou saber se ela estava vendo coisas.

Será que estava tão vulgarmente atraída por Gabe que começara a ver coisas eróticas na mínima atitude dele?

Peter e Desiré voltaram à mesa e Gabe se despediu, depois de a loira cochichar algo em seu ouvido.

Kate ainda sentia as ondas de excitação em seu corpo. Aquele homem definitivamente era dinamite em forma de gente.

^*^

Nas semanas que se seguiram, Kate acabou entendendo a rotina que deveria seguir para não ficar tão exaurida. Peter sempre a levava para jantar nas sextas feiras e para o resto dos colegas, eles eram apenas amigos. Ele a ajudava em alguns processos. Os colegas assistentes, Samuel e Mitchell, não a importunavam mais devido às reprimendas tomadas pelo Dr. Magnum, e Kate estava em paz.

A semana estava agitada e cheia de tensão. O processo que Kate finalmente elaborara sozinha teria sua sentença proferida e ela esperava ansiosa pelo desfecho. Era exatamente o dia do fórum, onde deveria comparecer para tomar ciência da decisão nos autos do processo. Ela acelerou os passos pelo corredor e aguardou o meirinho abrir a sala para entrar e falar pessoalmente com o juiz responsável pelo caso.

Depois de sair dali sentindo-se vitoriosa pela decisão proferida horas antes, Kate percorreu os corredores em direção à saída. A porta de uma das salas de audiência se abriu e Gabe Szaloki saiu tão intempestivamente que quase tropeçou com Kate e jogou-a na parede oposta.

Ela sentiu a mão forte a segurar pelo braço e ergueu o olhar, deparando-se com aquelas profundezas esverdeadas. Kate estava abismada com o rumo de seus pensamentos. Céus... que olhos lindos e únicos ele tem...

— Ei, moça... Que surpresa. Veio ao fórum tirar cópia de processo para seu chefe? — ele perguntou zombeteiro.

Kate sentiu o sangue esquentar e seu temperamento querer despertar furiosamente.

— E você? — Olhou por cima do ombro de Gabe. — Saindo da sala de audiências sem holofotes e plateia? O quê? Virou advogado de porta de cadeia agora? — falou irônica.

Gabe riu.

— Sim, sim. Culpado — disse Gabe, imitando a mesma

reação que Kate teve quando também foi "interrogada" outro dia. Ah, advogados e suas manias.

— Nunca o tinha visto por este corredor — ela falou rindo e logo quis ter mordido a língua.

— Por quê? Anda me procurando com o olhar, gatinha? — Gabe continuou a sondá-la com o olhar e com aquele sorriso enviesado e irritante.

— Não. Mas que eu saiba, você é um advogado de causas muito mais grandiosas e cheias de glamour, jamais estaria aqui a essa hora e sem sua equipe de figurantes ao redor — disse Kate novamente se referindo ao público que geralmente era atraído pela presença dele.

— É, verdade. Odeio isso — ele disse e sorriu enigmaticamente.

Kate sentiu-se frustrada pela resposta de Gabe, já que se mostrava enigmático, sempre fazendo com que o ouvinte tomasse suas próprias conclusões.

— Imagino — disse ela, despedindo-se com um aceno e virando-se rapidamente, em direção à saída sem sequer se dar conta de que Gabe estava acompanhando seus passos.

Bufando de irritação, ela simplesmente falou:

— Bem, foi um prazer incomensurável encontrá-lo aqui, mas tenho que ir levar estas supostas cópias para o meu chefe, além de ainda precisar comprar seu café cremoso para puxar o saco dele e ganhar mais pontos na minha tabela de atribuições — disse irônica.

Kate não estava preparada para a gargalhada que se seguiu. Ficou surpresa. Quem poderia imaginar que o poderoso Gabe Szaloki ria de forma tão aberta e contagiante? Sua risada enérgica a fez se descontrair e rir um pouco, também permitindo que, enfim, vislumbrasse totalmente o brilho metálico que ela supunha ter visto naquele almoço em que se encontraram. Então, ela não estava louca. Realmente ele tinha uma joia brilhante na língua!

De boca aberta, ainda estarrecida com a descoberta, Kate não se preparou para o movimento seguinte de Gabe. Ele a puxou sutilmente colocando a mão em sua nuca, puxando-a para um beijo suave. Apenas um leve roçar de lábios, mas o suficiente para fazer com que ela arregalasse os olhos em choque.

— Então, bom trabalho, gatinha — ele disse, e ajeitou uma mecha de seu cabelo atrás de sua orelha. Virou-se sem mais nem menos, e desceu as escadarias ainda rindo.

Kate estava totalmente abismada. O louco a beijara em plena escadaria do fórum! O advogado mais poderoso da cidade, senão do país, beijara-a como se fossem amigos íntimos! Que ousadia. E que suavidade de lábios. E que momento surreal perceber que ele tinha realmente um piercing na língua e começar a fantasiar com as sensações que aquilo poderia produzir em seu corpo.

Começou a descer as escadarias do fórum, completamente distraída. De tão absorta, não percebeu prontamente que Gabe ainda a observava de dentro do seu carro.

^*^

Em uma sexta-feira fria, Kate estava se ajeitando para deixar o escritório quando seu telefone tocou.

— Kate? — Peter falou rapidamente. — Vou me atrasar um pouco no tribunal, mas sabe o que eu adoraria?

— Não. O que seria? — ela perguntou brincando.

— Que você fosse para sua casa, se arrumasse lindamente, porque vamos comemorar minha vitória num clube chique da cidade — ele falou com excitação.

— Uau, Peter. Vocês ganharam? Que maravilha! — Ela estava feliz por ele. — Farei isso.

— Certo, mas dessa vez eu te apanho em casa e sem discussões, okay?

— Peter, eu posso ir de táxi... Sério... — falou. Ela evitava a todo custo essa rotina de buscar ou levar no apartamento, porque o mais educado seria convidá-lo a entrar. E ela não estava preparada para este passo.

— Sem discussão, Kat. Pego você às oito. Vamos jantar antes — disse e desligou.

Kate saiu em disparada para seu apartamento e se arrumou com esmero. Embora evitasse a todo custo que a relação se aprofundasse a um nível irremediável, ela gostava de saber que Peter tinha orgulho de ser visto ao lado dela.

Colocou seu vestido preto tomara que caia. Era justo e um pouco curto, mas perfeito para uma balada. Algo raro na vida de Kate. Colocou um salto assassino e pegou o sobretudo que a manteria aquecida até a entrada no estabelecimento.

Faltando dois minutos para as oito, a campainha do seu apartamento soou. Ela correu para abrir logo, evitando que Peter resolvesse se delongar ali dentro. O clima íntimo dentro do apartamento era inegável. Os homens pareciam transpor um portal toda vez que eram convidados a entrar na residência da mulher em questão. Toda a estirpe educada e comedida sumia e surgia o homem possessivo e cheio de mãos, mais parecidas a tentáculos.

Peter a olhou de cima abaixo e a ajudou a colocar o sobretudo quando viu que Kate estava fazendo exatamente isso. Os dedos percorreram suavemente a pele desnuda de seu ombro e Kate o sentiu atrás de si aspirando seu perfume.

— Você está divina, Kat — ele disse com a voz rouca. —

Acredito, inclusive, que poderíamos ficar por aqui.

O que ela tinha pensado mesmo sobre o portal?

— E perder toda a minha produção para comemorar sua vitória, Peter? — Tentou soar animada para não demonstrar, explicitamente, sua aversão a ficar no apartamento, fazendo coisas sabe Deus lá o quê, que se passavam pela cabeça dele.

— Você está certa... Seria um desperdício... embora eu não creia que goste de ver outros homens apreciando você assim... — falou em um raro tom possessivo.

— Certo... estou envaidecida. Obrigada. Vamos?

^*^

Jantaram e de lá seguiram para o Night Club, o mais badalado da cidade. Peter sabia que o local era lotado, mas queria comemorar em grande estilo e quem sabe, ao final, acabasse também vencendo a resistência de Kate a dormir com ele.

A música dançante embalava a multidão de corpos suados que se esfregavam pelo recinto. As luzes dos estrobos deixavam o ambiente propício a qualquer assalto sexual possível no meio da galera, sem que sequer fosse percebido.

Eles se sentaram, a muito custo, depois de alguns esbarrões, em uma mesa de canto, reservada para poucos casais que queriam privacidade. A verdade era que Kate não queria essa privacidade toda com Peter. Ele era um homem espetacular, maravilhoso, atraente e promissor. Filho de uma das famílias mais abastadas de Boston. Era um filho da sociedade enriquecida e, além de tudo, brilhante no que fazia. Era provavelmente do mesmo círculo que Mike Stanford. Porém, diferente dele, Peter não era mimado, cheio de pompa e esnobismo. Mas Kate não conseguia passar do sentimento de amizade que sentia por ele. O tesão não varria seus sentidos, desde que uma língua adornada por um piercing surgira em sua vida. E isso porque Kate sequer gostava de Gabe. E sequer o beijara. Mas a atração que sentia por ele era inegável. Ela era mais uma das tantas mulheres que caíam na rede dele, mesmo que ele sequer tivesse lançado a rede.

Peter pediu uma bebida singular para ela. Um Mine Chan. Uma bebida forte para seu paladar, mas, já que ela estava comemorando, que fosse em grande estilo. Quase poderia suspeitar que Peter a estivesse tentando embebedar.

A noite ia adentro, Peter tentava a todo custo arrastar Kate para a pista de dança, mas ela não curtia o esfrega da multidão. Em um determinado momento, uma velha amiga de Peter surgiu completamente embriagada na mesa deles.

— Peeeeteeee... — falou com a voz pastosa.

— Megan... por Deus... você está bêbada? — Peter perguntou chocado. Era bem óbvio, logo ele não precisava ter feito a questão.

— Sim... to... tal... mente... o Finn me deixou... — falou entre um soluço alto e outro. — por outra mulher mais jovem... — disse e quase desabou no colo dele.

O pranto dela começou histericamente. Ela chorava copiosamente nos braços de Peter e ele olhava assustado para Kate sem saber o que fazer.

— Peter, porque você não a leva pra casa? — perguntou Kate solícita.

— Não... quero dizer... e você? E nossa noite? — ele perguntou.

— Podemos comemorar outro dia, ou eu posso esperar você... resolver o problema de sua amiga agora... — Kate disse e colocou a mão no seu ombro. — Eu vou ficar bem.

— Mas, Kat...

Nesse instante, uma voz poderosa emitiu sua opinião atrás de Kate.

— Não se preocupe, Peter. Se não for inconveniente para você eu a deixo em casa, quando estiver a caminho da minha — Gabe falou.

Peter olhou indeciso para Megan completamente arrasada em seus braços e para Kate. Seus planos de passar a noite mergulhado no corpo quente de Kate estavam arruinados. Kate deu um breve aceno e ele depositou um suave beijo, porém, territorial, em sua boca.

— Vou compensar esse dia depois — ele disse.

— Certo, eu entendo. Pode ir, ela precisa de ajuda — Kate falou firme, mas sentia o coração descompassado, pela expectativa de ficar na companhia de Gabe Szaloki.

Peter saiu com Megan quase arrastada em seus braços e Kate sentiu quando Gabe se sentou na poltrona, antes ocupada por Peter. Ele colocou o braço no encosto do sofá, encostando os dedos no ombro de Kate.

— Onde está sua namorada? — Kate perguntou de pronto.

Ela sentiu o olhar penetrante de Gabe sobre ela.

— Desiré não é minha namorada e, mesmo que isso não seja da sua conta, não está comigo hoje, como pode ver — respondeu bruscamente, sem querer. Gabe sentiu um ciúme irracional ao vê-la nesse microvestido e ainda por cima beijando Peter.

Uau. As mudanças de humor dele eram verdadeiras mesmo.

— Desculpe, não queria me intrometer — falou rapidamente. — E sério, você não precisa se preocupar com meu retorno, pego um táxi, tranquilamente. Que mania feia de vocês homens ficaram tratando as mulheres como se fossem crianças.

— Nada disso. Uma palavra empenhada minha é, praticamente, lei — Kate tentava a todo custo evitar olhar para ele, sabia que ficaria procurando o brilho metálico em sua boca. — E eu me ofereci, logo, faço questão de ser um gentil cavalheiro.

— Oh, certo. Na hora que você quiser ir, estarei pronta.

— Tão cedo? Não... A noite é apenas uma criança, Kate gatinha... — falou em tom brincalhão. Naquele momento, ele chegou mais perto ainda de Kate. Somente para pegar a taça do seu drinque e beber o resto do conteúdo.

Sem conter a irritação, Kate falou entre os dentes:

— Você tem o hábito de ficar bebendo em copos alheios, é?!

— Alheios não, gatinha. Só os seus. Estava curioso para saber a sua escolha — disse. — Interessante, saquê e rum? Quem diria.

Ela não fez questão de esclarecer que a escolha havia sido feita por Peter. Antes de sequer pensar em uma resposta inteligente, Gabe pegou seu próprio copo e deu um longo gole. Ao repousá-lo, colocou o dedo indicador dentro dele.

— Já experimentou esse drinque, Kate? — perguntou com a voz enrouquecida.

— Provavelmente não — respondeu acidamente. — Mas obrigada, estou satisfeita por hoje.

Gabe puxou Kate para perto de si com um braço enquanto retirava o dedo de dentro do copo, passando a ponta do indicador nos lábios dela. Ela arregalou os olhos em choque com tamanha ousadia. Mas foi incapaz de se mexer do lugar ou de bater em sua mão.

Ela lambeu os lábios e sentiu o gosto doce da bebida. Surpreendeu-se com a escolha dele. Ela poderia jurar que Gabe fosse um homem de beber apenas whisky ou vinhos finos.

— Chama-se Sex on the beach — ele disse em um sussurro

melodioso, dando mais um gole em sua bebida, retendo um cubinho de gelo na boca um instante...

— Nossa, que interessante — Kate respondeu com ironia aguda.

Reagindo pela resposta de Kate, Gabe puxou o corpo dela em direção ao seu tórax musculoso e exigiu a resposta do beijo de Kate.

Seus lábios eram exigentes e vorazes. Ele varria sua boca com a língua, adentrando na cavidade suave da boca de Kate. Os dentes mordiscavam o lábio inferior enquanto as mãos faziam magia no corpo de Kate. Ela sentia os dedos firmes posicionando sua cabeça de modo que o ângulo ficasse mais íntimo para o beijo. A outra mão percorria as curvas do seu corpo.

Kate estava embriagada com as sensações. O piercing finalmente fora sentido na ponta de sua língua. E exaltava as sensações do corpo, em chamas, de Kate, já que a peça estava gelada. Na verdade a língua de Gabe estava gelada, provavelmente pelo gelo da sua bebida eroticamente apresentada à Kate. Ela sentia quando a joia batia contra seus dentes e nunca poderia imaginar que seria tão excitante sentir a diferença por conta própria. O frio do aço, mais intensificado ainda pelo gelo, bem como a esfera, gerou nela uma sensação prazerosa de algo proibido. Ela ficou imaginando como deveria ser a sensação ao sentir a língua dele e sua joia em outras partes de seu corpo...

O beijo foi se abrandando, ficando mais lânguido. Gabe percorria com a língua os lábios de Kate, querendo absorver sua doçura. E a provocar. Um momento ele acalmava e Kate pensava que estava encerrado. Em outro, ele aprofundava mais ainda e puxava o corpo de Kate de encontro ao seu, como se quisesse fundir-se em um só.

Quando a mão dele deslizou pela curvatura de seu seio, ela

retesou o corpo. E só então percebeu onde se encontrava e o que estivera fazendo.

— Uau — ele disse e encostou a testa à de Kate. Ainda ofegava pelo calor do beijo, tentando resgatar o fôlego.

Kate podia sentir o hálito mentolado de Gabe, assim como o sabor doce da bebida. As mãos dele acariciavam suas costas de maneira suave agora, como se a estivesse confortando.

— Gabe... — Kate tentou falar.

— Shhhh... — Ele selou a boca dela com a sua própria.

Um momento mais tarde, ele abriu os olhos e a conexão entre eles era palpável. Como faíscas que vibravam entre eles no pequeno espaço que ocupavam.

Kate não sabia o que falar e não sabia se queria quebrar a magia do momento.

Gabe a apertou mais firmemente ao sentir que ela tentava se afastar.

— Diga meu nome novamente — ele exigiu.

Kate sentia uma onda de rebeldia resvalar em seu âmago, mas a intensidade do olhar de Gabe era devastadora.

— Gabe — ela disse novamente.

Gabe a beijou novamente e Kate poderia jurar que viu estrelas e fogos de artifício compartilhando o mesmo espetáculo. O som da música retumbando, das conversas aleatórias e do cheiro de Gabe era um episódio surreal de algum filme romântico. Ou erótico.

Ela estava abismada com seu próprio comportamento inadequado. Ela saíra na companhia de Peter, sabia exatamente o que ele esperava dela, mas estava entregue nos braços do homem mais prepotente que já conhecera.

— Kate — ele sussurrou entre os beijos, ainda, ardentes.

Kate podia sentir seus lábios inchados pela experiência e conseguiu, a muito custo, romper o poderio de Gabe.

— Nós devemos parar — ela disse nervosamente.

— Não. Vamos para o meu apartamento — ele disse enquanto a beijava na curva de seu pescoço.

Kate conseguiu alavancar seu corpo para sair de seu agarre.

— Não! Você está louco! Está pensando que sou o quê?! Nem sei porque nos beijamos — ela falou rapidamente. — Isso não é certo...

— O que não é certo, Kate? Duas pessoas que se sentem atraídas acabarem se entregando à paixão?

— Como assim? — ela falou quase histérica. Seu cérebro estava enevoado pela bebida e pelo beijo. Mas ela não conseguia dizer qual era o mais efetivo.

— Não me diga que você não sentiu, Kate? Desde que nos conhecemos... — ele falou exasperado e passou as mãos pelos cabelos negros.

— Claro que não! Inclusive você foi extremamente deselegante quando nos conhecemos, Dr. Szaloki — ela falou tentando ganhar distância. — E na noite do coquetel também. Seu comentário sobre a minha conduta foi bastante ofensivo.

— Sério? — ele perguntou cético. — Eu achei que você foi bem atrevida naquele momento.

— Eu não quis ser atrevida ou desrespeitar seu trabalho... eu apenas... — ela tentou falar, mas não encontrava palavras. — Nossa... acho que não estou me sentindo bem.

Gabe a agarrou ao perceber que Kate estava pálida. Ele se levantou e deu um sinal ao gerente avisando que colocasse tudo em sua conta enquanto saia às pressas do lugar lotado. Provavelmente, as experiências acumuladas, mais o local abafado, ocasionaram uma baixa de pressão em Kate.

O manobrista estacionou o Porshe de Gabe e ele a ajeitou no assento do passageiro.

De repente, Kate via tudo de maneira borrada. Ela sabia que estava no carro de Gabe, mas sua língua estava enrolada demais para falar. Sentia que ele acelerava pelas ruas e as luzes dos postes a deixaram com uma leve sensação de náusea.

Ela percebeu que chegaram ao seu prédio. Mesmo com a mente entorpecida, Kate estranhou o fato de Gabe saber exatamente onde ela morava. Ou ela havia dado seu endereço durante o trajeto e não se recordava? Isso só provava a Kate que ela e bebidas alcoólicas não combinavam, em hipótese alguma. Gabe a ajudou a descer do veículo e, quando ele tocou a campainha do apartamento, sob as ordens de Kate, Fay abriu a porta com o aspecto mais descabelado possível. Digno de um filme de terror.

— Kate! — ela gritou e Kate sentiu a ardente vontade de enfiar a cabeça no vão do pescoço de Gabe, que a enlaçava pela cintura a impedindo de cair.

— O que houve? — ela perguntou para Gabe.

— Acredito piamente que uma séria mistura de bebidas alcoólicas, senhorita - ele disse irônico.

— Você não é o Szaloki da Kate, é? — perguntou com um olho meio fechado. — Caralho! É você mesmo — falou, antes de Gabe confirmar ou sequer se dar conta de ela ter usado o termo "da Kate".

— Uau, você é muito mais gato ao vivo.

Enquanto a ladainha rolava solta no apartamento, ou melhor, na porta de entrada, Kate gemeu.

— Vou colocá-la para dormir. Onde é seu quarto? — ele perguntou e desistiu de tentar apenas amparar Kate ao seu lado. Ele a pegou no colo e a levou pelo caminho que Fay guiou.

Gabe a depositou na cama enquanto Fay retirava os saltos de sua amiga e puxava o edredom sobre seu corpo. Gabe ainda não se movera do lado da cama, onde se sentara e ficara contemplando a jovem começar a se perder no sono.

— Gabe? - ela perguntou com olhos sonolentos.

— Sim? — ele aguardou o que viria.

— Você tem mesmo um piercing na língua? — ela perguntou e fez uma tentativa frustrada de encará-lo.

Gabe ficou em silêncio e sorriu intimamente. Então, seu piercing fora notado e chamara sua atenção.

— Sim, tenho.

— Uau... me mostra? — ela pediu e tentou se erguer, mas sua cabeça pesava uma tonelada.

Ele abriu a boca, mas pensou melhor.

— Melhor fazê-la sentir de novo, gatinha. Quando você estiver sóbria — disse e Kate caiu nos braços de Morpheu.

Capítulo Nove

No dia seguinte, Kate acordou sentindo uma imensa dor de cabeça na base de seu crânio. O resultado da noite anterior havia sido desastroso. Sacudindo as teias de aranhas mentais do seu cérebro enevoado, ela se levantou tentando abrandar as náuseas em seu estômago debilitado.

E, ao se sentar na cama, começou a se lembrar dos eventos que se sucederam logo após a primeira dose de bebida. Lembrou-se da bebida de Gabe Szaloki e da forma erótica com que ele a apresentara. E enfim, lembrou-se do beijo abrasador que trocaram e de tudo o que se seguiu, até a hora em que ele a levou para casa. Depois disso, tudo era apenas um borrão. A vergonha remoeu suas entranhas, já que ela não se recordava de absolutamente nada depois.

Kate levantou-se da cama e percebeu o estado de seu vestido, completamente amarrotado. Mas respirou aliviada, já que não se encontrava nua, o que significava que não fizera nenhuma besteira grandiosa. A não ser que se derreter nos beijos de Gabe Szaloki contasse como uma grande burrada. Talvez a maior de todas. Sentiu um calor se alastrar pelo seu rosto ao se lembrar da sensação prazerosa do piercing em sua boca. Céus... ela estava obcecada por aquele pequeno pedaço esférico de aço cirúrgico.

Kate retirou o vestido, tomou um banho e colocou um short jeans e uma camiseta regata para encarar a curiosidade que muito provavelmente Fay teria. Ela bem sabia que seria um interrogatório.

Quando chegou à sala, Fay já a aguardava com um pacote de biscoitos recheados.

— Uau... se não temos aqui uma certa senhorita completamente de ressaca — falou rindo.

Kate desabou na poltrona ao seu lado.

— Estou com uma bela dor de cabeça, Fay — ela falou gemendo.

— Imagino... e deveria ter mesmo... já que deixou escapar aquele pedaço de mau caminho sem nem ao menos dar um amasso nele — falou e continuou mastigando o Oreo. Ofereceu um para Kate, mas ela recusou. Seu estômago estava mareado.

— O que você sabe sobre ontem à noite? — Kate sondou.

— Gata, eu é que deveria estar te perguntando isso — Fay falou e se virou completamente em direção à sua amiga. —Você chega em casa, arrastada por um homem absurdamente maravilhoso, que a carrega apartamento adentro como um cavaleiro medieval... uau... tive sonhos eróticos com ele... tenho que confessar.

Kate riu da amiga. Embora tenha sentido uma sensação nada interessante ao imaginá-la fantasiando com Gabe.

— Kate, Kate... quem diria... Gabe Szaloki? Uau. O grande astro jurídico em nossa humilde residência, exalando um tesão absolutamente voltado para você... puta merda... estou me arrepiando de novo.

Kate deu um tapa na mão de Fay.

— Para, sua tonta. Ele apenas me trouxe pra casa.

— Hum hum... me conta outra, por favor. Primeiro, começa do início. Vocês saíram juntos?

— Não. Eu estava com o Peter. — Kate parou ao ouvir o resmungo de Fay. — O que foi?

— O Peter chatinho Foster do seu escritório? Pelo amor de Deus, Kate. Você precisa de um cara quente... não um mané — ela disse com muita ênfase.

— Fay... eu não imaginava que você não gostasse de Peter. Poxa... ele é tão bacana.

— Pelo que escuto você falar dele, ele é praticamente um irmão querido.

— Na verdade, eu o vejo assim... ele bem que gostaria de ser outra coisa.

Kate explicou tudo para Fay. Contou do evento no Night Club, da amiga que acabou embriagada no colo de Peter, da casualidade de Gabe estar no mesmo local e do oferecimento dele em levá-la para casa. Mas omitiu o beijo e a troca erótica de estilos de bebida. Ela apenas contou que a bebida que Peter escolhera para ela provavelmente era muito mais forte do que ela imaginou.

— Sei. Peter te dando um Mine Chan? Oh oh... acho que alguém estava mal intencionado... — Fay falou rindo.

O celular de Kate tocou e ela se levantou para atender de pronto. Era Peter. Kate suspirou rudemente para atender a chamada, sentiu-se um pouco culpada pelo acontecido na noite anterior entre ela e Gabe.

— Alô, Peter — tentou imprimir um tom neutro na voz.

— Kat, querida. Não consegui falar com você desde ontem. O que houve? — perguntou ansioso.

— Ahn, nada. Gabe me trouxe para casa, logo em seguida, e na verdade eu estou com uma dor de cabeça persistente até agora — ela disse e sentou-se no chão da sala, escorregando suavemente pela parede.

Estava se sentindo péssima. Mesmo que não tivesse

nenhum relacionamento sério com ele, não gostava da sensação de estar enganando Peter.

— Certo. Posso passar aí para almoçarmos juntos? — ele hesitou.

— Na verdade, eu gostaria muito, Peter, mas realmente não me sinto bem hoje. Poderíamos deixar para outro dia? — ela perguntou esperançosa.

— Claro, querida. Descanse bem, então — ele disse, mas ela pôde ouvir pelo timbre de sua voz que ele não ficara nada satisfeito

^*^

Já estava mais do que na hora de fazê-la sua, Gabe pensou. Vinha negligenciando sua vida pessoal há meses, por causa do trabalho. Até seus pais reclamaram que fazia meses que não passava lá para uma visita. Talvez só conseguisse estar novamente com eles no feriado, num dos eventos onde toda a família estaria reunida. Claro, como se precisasse de motivos para todos se reunirem numa boa farra com danças e comidas. Sua mãe comeria seu fígado cru, servido em pequenas porções para suas tias, caso não aparecesse, divagou sorrindo.

Sempre era mais prático abrir a porta e deixar entrar qualquer beleza escultural que o procurasse, mas nada lhe dava mais prazer do que o jogo da conquista. E nenhuma outra sequer chegou perto de despertar sensações tão profundas como Kate. Tinha saído com algumas amigas para desanuviar a mente, mas o máximo que elas conseguiam era um casto beijo de boa noite no rosto. Não queria ninguém mais, exceto Kate. Naquele coquetel, definitivamente tinha decidido que a queria, mas nada o tinha preparado para a reação que seu corpo teve quando a beijou ontem.

Pelo amor de Deus, agiu como um estudante tarado, doido para arrastá-la ao seu dormitório e jogá-la em sua cama. Bom, o curso das coisas ia mudar, a partir de agora, e a primeira coisa que precisava providenciar era tirar aquele pentelho, filhinho de papai do Peter do lado dela e, claro, amaciar a fera. Não deveria estar nada satisfeita com o comportamento dele, ora, nem ele mesmo estava, sequer percebeu que, no meio de todo o turbilhão, ela já estava se sentindo descomposta. Vamos ver o que me aguarda, murmurou Gabe, entrando no carro, saindo de sua rua e pegando a rodovia.

^*^

A tarde transcorria tranquilamente para Kate. Estava terminando de fazer algumas tarefas, como uma exemplar dona de casa, enquanto Fay continuava refestelada no sofá assistindo TV, quando a campainha soou. Secando as mãos no short, ela gritou para Fay atender a porta. Sentiu um arrepio ao ouvir um timbre de voz potente.

— Kate, você tem visita — Fay falou e, pelo tom de voz de sua amiga, já sabia que seria interrogada mais tarde. — Vou comprar uns doces ali na confeitaria, okay?

Kate tentou ajeitar os cabelos que se encontravam desgrenhados e se arrumou o melhor que pôde. Criou coragem para encontrar Gabe na sala.

O ar quase lhe faltou quando o viu parado. Uma mão segurava uma sacola e a outra estava dentro dos bolsos da calça cáqui, que fazia par com uma camisa polo negra. Ele pareceu sentir sua presença imediatamente. Ao olhar para Kate, os olhos dardejaram em sua direção.

— Oi — ela falou e colocou uma mecha teimosa atrás da orelha. De repente, sentia-se tímida.

Gabe continuava olhando para ela de maneira sistemática, como se tentasse absorver toda a sua essência. Não pôde deixar de notar que usava um short que evidenciava suas longas pernas e uma regata que visivelmente fora vestida sem sutiã. Assim que percebeu, deteve esse funesto fluxo de pensamentos e se concentrou no que viera fazer ali.

— Kate — ele disse e entrecerrou os olhos. — Eu vim saber como você está hoje.

Sentindo-se quase nua, ela abraçou o corpo com os braços e se recostou no sofá.

— Bem. Quero dizer, eu não me dou muito bem com bebidas alcoólicas exóticas — ela falou constrangida.

— Eu pude perceber. E a mistura das duas combinações só piorou as coisas — ele disse e entrecerrou os olhos. — Você quase não teve a habilidade de me dar seu endereço adequadamente — ele falou e Kate por fim desvendou o mistério que perturbava sua mente, sobre como ele chegara tão rapidamente ao seu prédio. — Pela hora, não sei se já almoçou, mas trouxe uma comida leve para você. Imaginava que iria acordar não se sentindo muito bem. Mas não espere que eu vá pedir desculpas por tê-la introduzido ao meu drinque — ele falou brincando, mas esperando para ver a reação dela.

Não, Kate realmente não tinha almoçado e só agora se dera de conta que estava com o estômago roncando. Ela sentiu o rosto corar. Era absolutamente ridículo, mas ela estava embaraçada e com raiva ao mesmo tempo. Toda a situação era inconcebível, do ponto de vista ético. Ela saíra com Peter, e acabara aos beijos com Gabe. Seu código moral estava alterado por completo.

— Foi muita grosseria da sua parte agir daquele jeito ontem. Você não pode simplesmente achar que vamos retomar de onde paramos, certo?! Não sei com que tipo de mulheres costuma andar, mas fique sabendo que seu comportamento foi inadmissível — ela disse. — E o meu próprio.

Gabe a olhava, divertindo-se com o sermão que sabia que o esperava, mas sem deixar transparecer isso. Aparentava um ar levemente arrependido, olhando-a com atenção enquanto ela dava seu pequeno show.

— Você só pode estar de brincadeira! Ainda me aparece pela porta com uma sacola de comida e um estoque de piadinhas sem graça, esperando que eu me derreta aos seus pés, igual a essas fulaninhas com quem você anda. — Agora Gabe já a ouvia com as sobrancelhas arqueadas pela surpresa. Quer dizer que ela tinha ciúmes de suas amigas, é? — Tenha a santa paciência, meu cérebro não é o de uma ameba igual ao delas não, tá? Escuta aqui...

— Kate — interrompendo-a, Gabe disse — escuto com o maior prazer, mas acho que está se esquecendo de uma coisa. Tudo seria muito válido se eu tivesse te agarrado à força e a arrastado comigo e, pelo que me lembre, não foi isso que aconteceu. Muito pelo contrário, sua reação correspondeu à minha e...

— Gabe, olha. Tá, não importa. Vamos esquecer esse assunto — ela disse e passou as mãos pelos cabelos desgrenhados, exasperada.

— Ótimo. Vamos almoçar?

Nesse momento, como que respondendo a sua pergunta, o estômago de Kate roncou, fazendo-a arregalar os olhos em choque e despertando um sorriso nele, que prontamente a pegou pela mão, levando uma emburrada Kate em direção à visível cozinha.

Ele desembalou a comida enquanto ela improvisava o pequeno almoço na bancada da cozinha. Vê-lo se movimentar naquele pequeno espaço provocava sensações que não conseguia descrever muito bem. Observava suas costas, enquanto ele lavava alguns copos. A camisa ressaltava suas costas largas e músculos definidos que iam se estreitando próximo ao seu quadril.

Ela tinha uma estatura mediana, mas ele ainda era mais alto que ela uns bons 15 centímetros. Desejou envolver aquela cintura com os braços, recostando-se em suas costas e sentindo a dureza de seus músculos. Quando se deu conta do rumo que seus pensamentos estavam tomando, parou. A inquietação a comia viva, junto com outras coisas.

Começaram a comer, mas a cada troca de olhares sentia de novo aquele comichão nos lugares mais íntimos de seu corpo. Não suportando mais essa tensão, Kate disse:

— Gabe, o que fizemos foi um erro — tentou explicar. — Eu... acho que... não... não acho nada... quer dizer... — as palavras se atrapalhavam.

Ele levantou, deu a volta na bancada se aproximando do banco onde Kate estava sentada. Ela sentiu seu corpo se retesar em prontidão. Sentiu um calor varrendo certas áreas de seu corpo.

Quando ele parou a uma distância ínfima entre os dois, abaixou o rosto na direção dela, que olhou para cima encarando-o nos olhos, expectante.

— Eu acho que devíamos repetir... apenas para testar a teoria e saber se foi o álcool que alterou sua percepção.

— Eu não concordo. Em hipótese alguma — ela tentou dizer e se levantar ao mesmo tempo. Aquela posição a deixava em desvantagem. — Gabe, por favor...

— Chega de conversa fiada, Kate. Assuma para si mesma o que eu já assumi e o que o seu corpo também sabe... — ele disse e seu olhar recaiu para sua boca. Kate percebeu que não foi uma boa ideia ter se levantado, agora se encontrava presa entre ele e a bancada.

— Não, não assumo nada. Quero dizer, pode até existir uma atração, você tem esse magnetismo animal... — ao falar isso, Kate percebeu um sorriso enviesado atravessar o rosto dele. A prepotência do homem não tinha limites.

— Magnetismo animal, é? — ele disse e a puxou para seus braços. Sem dar chance a Kate de tentar se soltar ou prever seus passos, ele assaltou sua boca com uma ferocidade extrema. Ela pôde sentir novamente a frieza do metal em sua língua e acabou permitindo que sua mente divagasse novamente para a peculiaridade daquela joia no homem mais improvável de todos em ter uma perfuração no corpo. O que mais ele escondia por baixo daquele perfil de advogado implacável?

A intensidade do beijo era escaldante. Gabe devastava a boca de Kate com sua língua, enquanto suas mãos sondavam seu corpo. Kate sentiu seus próprios braços traidores se ajeitarem em volta do pescoço dele, esfregando o corpo dele ao seu. Gabe emitiu um gemido rouco e imprensou mais ainda seu corpo másculo ao dela. Linhas duras contra linhas suaves, aspereza contra delicadeza.

Kate sentia-se como se fosse explodir a qualquer momento e não percebeu que entre beijos ardentes e amassos, ela o empurrava em direção ao seu quarto. Chegando lá, ele a encostou num canto da parede fazendo com que, sem querer, Kate batesse o quadril na mobília. Ele começou a suspender sua regata semeando beijos em cada parte que ia se tornando descoberta. Mesmo com seus pensamentos incoerentes do jeito que estavam, ela ainda conseguiu sentir um pequeno resvalar de sanidade em sua mente.

— Não, não, Gabe... Para, por favor.

Imediatamente, ele parou o que estava fazendo e endireitou o corpo. Ainda sem se desgrudar dela, apenas a observou.

— Qual é o problema, Kate? Não me vá dizer que é aquele pulha do Peter? — ele falou irritado.

Ela tentava sair do aperto de seus braços, mas ele a impedia.

— Gabe, me solta — ela pediu.

Ele a atendeu e a soltou. Kate o observou passar as mãos de maneira irritada nos cabelos, deixando-os desgrenhados e irresistivelmente sexys. Sua vontade era se jogar em cima dele e ajeitar as mechas ela mesma.

— Porra, não tenho mais idade para esses joguinhos sexuais — falou e espalmou a mão pelo rosto. Respirou fundo e disse: — Quando você estiver decidida a ser uma mulher adulta, deixando de lado esses falsos pudores e aceitar os sinais claros do seu corpo, me procura. Você não vai brincar comigo dessa maneira.

Aquilo irritou Kate de sobremaneira.

— Você é muito seguro de si, não é mesmo? Está revoltado porque nem todas as mulheres caem aos seus pés, é isso? Não consegue lidar com seu próprio ego? — ela dizia cuspindo as palavras. — Não vou para a cama com você! Entendeu? Fui clara?

— Mas vai com o Peter? — ele perguntou.

— Isso não é da sua conta! Com quem eu me deito ou deixo de deitar não te diz respeito! Que raios de megalomaníaco é você que acha que só porque é o suprassumo do direito, também tem que ser uma benção para as mulheres?!

Gabe a olhou irritado e marchou para fora de seu quarto. Kate quase se sentiu compelida a chamá-lo de volta, ela não tinha feito aquilo de propósito, a situação saiu do seu controle, as coisas com ele aconteciam rápido demais. Ouviu a porta bater e só depois de alguns minutos se permitiu sentar na cama e respirar.

Ela realmente tinha que admitir que sentia uma forte atração por ele. Seu corpo traiçoeiro ainda ardia dos momentos anteriores. Ela queria mais. Se pudesse e não tivesse escrúpulo algum, poderia ter se entregado com alegria e júbilo e tinha certeza que se deleitaria eternamente. Mas um lado seu, a compelia a ser mais receosa com Gabe Szaloki. Ele tinha fama de não se envolver de forma alguma com as mulheres, nada além do que alguns encontros. E podia perceber que seus sentimentos em relação a ele eram muito mais do que uma paixão fugaz. Afinal, ela nunca sentira as fagulhas ardentes que tanto se alardeava em romances quanto agora. Poderia aproveitar que as sensações novas, despertadas por Gabe, transformassem-na e tirassem a dúvida interna de que era frígida. Porém, Kate não era tão moderna assim. Ela queria um relacionamento. Não naquele momento de sua vida. Mas conseguia se enxergar em uma relação a longo prazo com um amável e tenro parceiro, com planos e sonhos a serem almejados. Uma casa, filhos, uma carreira, tudo conciliado de maneira exemplar. Gabe Szaloki não fazia parte desse pacote de sonhos.

^*^

Quando o dia amanheceu, Kate estava com olheiras horríveis, resultado de uma noite mal dormida e recheada de sonhos eróticos e mal acabados. Kate se levantou da cama com muito custo, se olhou no espelho do banheiro e atendeu a ligação de seus pais, confirmando que a veriam mais tarde. Como viajariam no feriado de Páscoa, quiseram se adiantar e vê-la antes disso.

Fay quase a mata de susto quando surgiu na cozinha.

— Meu Deus! Que horror! Você está medonha! — disse e entregou um copo de café.

— Obrigada, você sabe mesmo como levantar a moral de suas amigas... — resmungou com acidez.

— Gata, relaxa, hoje é domingo. O que acha de pegar um cineminha com a amiguinha aqui? Você precisa descontrair, porque sabe o que eu vejo? Uma garota sexualmente frustrada, com olheiras que mais parecem tatuagens abaixo de seus olhos — Fay disse e bebericou seu suco.

— Hoje sairei com meus pais, esqueceu? E não estou sexualmente frustrada — disse sem convicção.

— Fique repetindo isso para você mesma como um mantra. Quem sabe assim você passa a acreditar, não é mesmo?

— Fay, é sério.

— Também falo bem sério, Kate. Você deveria aliviar essas tensões em seu corpo, querida. E somente um belo orgasmo pode fazer isso por você — ela disse e continuou comendo seu donut como se não fosse nada demais.

— Um orgasmo? Fay! Eu nem ao menos um namorado tenho! — disse em tom enérgico. Não sabia se ria, chorava ou matava a amiga.

— Não tem porque não quer. Aquele gatinho pentelho do escritório quer te dar uns amassos e você foge. Szaloki, aquele pedaço de mau caminho enfiado num terno Armani, quer te dar uns amassos mais do que bem dados e você faz o quê? Foge — ela disse se endireitando na cadeira. — Bom, se não quiser o Dr. Absoluto avisa logo, assim não perco a oportunidade de arregaçar as mangas e partir para o abraço. Nossa, ele aparenta ser muito bom de cama, hein?

— Fay Williams!! Não ouse! — gritou Kate de onde estava.

Sorrindo internamente e já sabendo o que pretendera descobrir, Fay disse: — Honestamente, Kate. Do que você tem medo? De se entregar? De se apaixonar?

— Não sei, Fay. Queria ser como você, mas não sou — ela disse triste. — Não é uma transa rápida que vai resolver o meu problema — ela falou e bebeu seu café. Seu estômago estava em polvorosa.

— Dr. Absoluto mexe com você como ninguém fez, não é? — ela falou e observou a reação de Kate.

Kate fechou os olhos e abaixou a cabeça entre os braços cruzados na mesa.

— É — falou com a voz abafada.

— E daí? Tire a cara do oco dos seus braços, sua tonta. Está saindo com som surround aqui — Fay falou e deu um leve puxão nos cabelos de Kate.

— É, Fay. Confesso. Queria realmente ser prática o suficiente para me entregar para ele de maneira simples e eficiente, mas não sou. E depois da última vez que ele esteve aqui, minhas chances são nulas, passei o maior sermão e ainda o aborreci, no final. Ele me chamou de criança, o que realmente fui.

— Okay. O cara está te dando um gelo, certo? Vamos reverter a situação, Kate. Vamos agitar!

^*^

Encontrar seus pais era maravilhoso, mas desgastante. As cobranças para que ela mudasse de volta para casa eram imensas e a deixavam cansada. Sua mãe insistia que a deixaria ter sua própria casa, que não interferiria. Seu pai alegava que precisava dela por perto, dizendo que ela não precisava se sujeitar a um cargo temporário quando podia ser uma advogada diretiva no escritório da família.

Kate sabia que eles a amavam. Era a única filha mulher. Mas sentia-se dominada pelo medo de ser engolfada pelos seus familiares. E preferia optar pelo silêncio sutil, não adiantava explicar-lhes seus sentimentos, continuariam sem entender, era perda de tempo.

Capítulo Dez

A segunda-feira chegou e ela criou coragem e se arrumou para ir ao emprego que tanto almejara e sonhara. Agora era formada, e em breve, depois do período probatório, poderia vir a ser uma efetivada advogada júnior do escritório.

Ao chegar, encontrou sua mesa recheada de bilhetinhos a parabenizando, bem como bombons e flores delicadas de todos que a apreciavam por ali. Sentiu uma mão pousar em suas costas e se virou a tempo de ver Peter parado ao seu lado.

— Meus parabéns, querida. Nosso escritório enviou um presente para você — ele disse e lhe entregou um embrulho prateado.

— Por que motivo? — perguntou Kate, surpreendida.

— Como por que motivo? Foi publicada a decisão do recurso daquela ação que você ganhou na sexta-feira — Kate lembrou-se do dia em que esbarrou com Gabe nos corredores do fórum e no doce beijo de despedida. — A Câmara Cível manteve a sentença por seus próprios fundamentos e o relator do processo ainda mencionou o quão concisas e sem defeitos tinham sido as peças da parte autora, ou seja, da sua parte. Os advogados assistentes estão todos embasbacados com sua façanha.

— Nossa, não tive tempo de ver o resultado. Comecei a fazer as pesquisas referentes aos outros casos do Dr. Maxim

— disse Kate, referindo-se ao júnior especialista em ações de seguros. — Estava querendo ver se conseguia arrancar dele outro caso para fazer sozinha. Poxa, uma menção ao meu trabalho nos autos? Em uma das minhas primeiras ações? Nossa, tenho que ver isso.

— Humm. Talvez você receba outros tipos de caso.

— É? — perguntou, curiosa.

— É, isso foi o que andei ouvindo por aí da boca do Dr. Magnum. E você não me ouviu falar disso agora.

Kate sorriu e abriu nervosamente o pacote, deparando-se com um belíssimo cristal em forma de coruja, o símbolo da sabedoria, e um cartão com as felicitações de todos. Ela sentiu lágrimas aflorarem em seus olhos pela delicadeza do gesto.

— É lindo — disse suavemente.

— Depois do trabalho, vou te esperar lá embaixo para te levar até sua casa. Nossa queridinha será mimada ao longo do dia. Sabe como é, aquela história de funcionário feliz rende mais e tal — disse ele, um pouco sem jeito.

O dia passou rápido e sua vista já estava cansada depois de ler tantos documentos. Todo mundo a queria como assistente agora, dizendo que sendo ou não sorte de principiante, alegação dela, iriam prevenir com ela em seu time do que remediar.

Ela não ia conseguir se desdobrar em dez para conseguir dar assistência a todos, era muita coisa, ela já se sentia perdida. Talvez perguntasse ao Peter o que deveria fazer, não queria deixar ninguém na mão, ao mesmo tempo, não queria desperdiçar qualquer boa oportunidade de trabalho, refletiu, enquanto seguia de carro com Peter rumo ao seu apartamento.

Ao chegar, Peter disse: — Antes de descer, Kate, esse é o meu presente para você. — Ele entregou um pequeno estojo de veludo. Kate sentiu o fôlego ratear. Com medo de abrir, ela olhou para Peter e engoliu em seco.

— Peter...

— Vamos, abra. Não é nada assustador — ele disse sorrindo.

Ela abriu a caixinha e se deparou com um lindo e delicado par de brincos de pérolas orientais. Eram formosas e delicadas.

— Peter, uau. É lindo — ela disse. — Mas, mas não posso aceitar.

— Claro que pode. A regra do bom recebedor de presentes é nunca dizer que não pode, ou não deveria. E sim aceitar e falar: Nossa, obrigada, adorei, vou usá-los em breve — ele disse. — Parabéns, você vai ficar linda com essas pérolas — ele disse, beijando-a suavemente em sua bochecha, já que Kate na última desviou o rosto, evitando o beijo.

— Kate... — ele começou. — Você realmente não está saindo com alguém, não é? — Ele sondou.

— Não, Peter. Por quê?

— Porque você sempre faz questão de impor distância entre a gente, evita minha companhia com aquele discurso polido de "não faça isso, estamos trabalhando" ou, então, muito ocupada para sairmos juntos. Já reparei como você fica nas ocasiões que Gabe está por perto. É isso? Você sente algo por ele? — Uau. Ele foi direto ao cerne da questão.

— Irritação é um sentimento que contaria? — ela perguntou.

— Poderia ser um sentimento que camufla outro, Kate. Interesse talvez. É só irritação que te coloca descomposta quando o nome dele é mencionado?

— Peter... eu e Gabe não temos nada a ver um com o outro.

— Sério? Não é o que me parece, honestamente. Sou

homem, meio desatento em relação a sinais e tal, mas alguns são escancarados... É nítido que seu corpo solta faíscas quando vocês estão no mesmo lugar.

— Peter, como você poderia saber? Foram poucas as vezes que o vi.

— O que me leva há algum tempo atrás, quando você ficou com ele no Night Club, quando tive que deixá-la ali... Aconteceu alguma coisa naquele dia? — ele perguntou e a olhou.

Kate engoliu em seco. Ela poderia mentir ou ser honesta. Sabia que não devia satisfações a Peter, pois ele não era seu namorado nem nada, mas seria bom falar a verdade e ser liberta daquilo.

— Nós nos beijamos, Peter — ela disse.

— Que safado! — Peter falou em alto e bom tom.

— Peter...

— Porra, Kate! Você estava saindo comigo, o mínimo que ele e você deviam fazer era respeitar isso! — ele falou, revoltado.

— Você tem razão, Peter, sinto muito. Mas nós também estávamos saindo sem compromisso, lembra-se?

— Por causa de você, droga! Se dependesse de mim, já estaríamos namorando. Kate, estou apaixonado por você, não enxerga isso? — ele perguntou, medindo-a com o olhar.

— Peter, concordamos que não poderíamos nos envolver, lembra-me? O regime do escritório? — ela tentou contemporizar.

— O regime do escritório uma merda. Você sabia muito bem que eu estava a fim de você. Você dormiu com ele? — ele perguntou.

Kate se irritou agora.

— Que raio de interesse é esse de todo mundo em saber com

quem eu durmo ou deixo de dormir? Que saco! — Kate se exaltou.

— Pensei que era mais inteligente, Kate. Ele só tem interesse em usar as mulheres, sempre foi assim. Vou te dizer o que vai acontecer. Ele vai esbanjar seu charme, te seduzir, se é que já não seduziu, e, quando se cansar de você, vai te dar um belo pé na bunda. Aliás, nem vai se dar ao trabalho de fazer isso. Simplesmente, vai passar a te ignorar, desmarcando compromissos e sem atender suas ligações. Você só vai se dar conta do pé na bunda quando vê-lo com outra mulher, olhando para você como se mal a conhecesse.

Kate estava chocada com o comportamento completamente diferente de Peter. Era como se fosse um outro Peter que houvesse assumido seu corpo.

— Você é um grande calhorda, Peter! Toda essa imagem de bom moço é pra encobrir essa frieza que um interesseiro como você possui — ela disse em alto e bom som.

Peter voltou a prender o cinto e falou:

— Poderíamos ter feito uma boa parceria juntos, dentro e fora do escritório. Você é uma idiota. Tola, carente por sexo, lastimoso. Pensei que você tivesse um cérebro nessa cabeça bonita. Vejo que me enganei, inclusive, meio que me pergunto se a inteligência que todos exaltam vem de você mesma, ou de segredos entre os lençóis com seu possível amante...

Nesse instante, Kate deu um tapa na cara de Peter. Ofender sua honra daquela maneira era absolutamente repugnante.

— Cresça, Peter. O único lastimoso dentro desse carro é você — murmurou Kate, jogando o embrulho dos brincos no colo dele e batendo a porta do carro. Kate entrou bufando no saguão do prédio. Idiota. Agora, veja, o doce Peter se transformando num pentelho babaca.

Bufou e entrou em seu apartamento, dando por si que era

a primeira vez que tinha desabafado assim, ao invés de se deixar reprimir como fazia antes. Parou para pensar no rumo que sua vida tinha tomado depois do término do noivado, da faculdade, a liberdade que sentia. Ah, isso tudo era muito bom.

Capítulo Onze

A semana se passou num atolamento louco de pilhas e pilhas de papel. Cara, ela ia enfartar. Sorte a dela que Peter viajou a negócios e não voltaria tão cedo. Só depois ela saberia como ficaria a relação deles no trabalho. Esperava que ele, no mínimo, mantivesse o decoro e respeito no ambiente de trabalho. Era sexta-feira de manhã quando a recepcionista passou uma ligação para ela.

— Obrigada, Mila — Kate atendeu a ligação — Sim?

— Katerine Campbell, aqui é da editora do compêndio. Como vai? Ligamos para avisar que todos os textos já foram recebidos e alterados pelo editor-chefe do livro. Mas, ao invés de remeter os arquivos para vocês efetuarem as correções, ele preferiu marcar uma reunião com todos, hoje às 16h.

— Hoje?! — Kate perguntou e olhou no seu relógio de pulso.

— É, infelizmente, é o único dia disponível para isso e não queremos estender muito o prazo para revisão final do livro, a presença de vocês é imprescindível. Você poderia anotar o endereço?

— Sim, claro — Kate disse, já tomando nota.

Pensou que seria um problema sair do escritório mais cedo com tanto trabalho para fazer, mas teve chance de falar com o Dr. Magnum sobre isso. Ele disse que ela podia ir, sem dúvidas, mas se lamentou não poder conversar com ela mais tarde, como intencionara. Precisava conversar umas coisas sérias com ela e marcaram uma reunião entre eles na próxima semana.

Kate receava que levaria as suas primeiras reprimendas. Não estava dando conta de todo o trabalho, auxiliar quinze casos por semana, mesmo levando trabalho para casa estava se mostrando impraticável. Além disso, podia apostar que Peter devia ter feito alguma reclamação sobre ela para os seus superiores.

Já que ia sair mais cedo, preferiu não almoçar, poderia comer algo depois da reunião. Estava curiosa para saber o resultado da revisão do seu texto. Estava acostumada com o professor Gaspard e seria uma novidade sugestões de alteração vindas de outro lugar que não do seu querido professor.

Adiantou tudo o que pôde e saiu em direção à reunião dos jovens autores. Kate sorriu ao sentir a brisa fria na calçada da rua, fazendo sinal para o táxi. Não podia estar menos satisfeita com o início de sua carreira.

O prédio tinha uma fachada linda e super moderna. Ao passar pelas portas giratórias e subir o elevador até o último andar, achou interessante a cordialidade que todos os funcionários demonstravam. Todos muito bem treinados.

Estava falando no celular com sua mãe e não percebeu o nome do escritório, que estava escrito no vidro da porta de entrada. Bom, não que ela não fosse o tipo de pessoa observadora, mas era inegável que o escritório era enorme e esse andar se destinava à sua diretoria, visto o porte dos funcionários e o ar de exclusividade que o lugar apresentava.

Ao chegar, procurou por Daisy, conforme orientações da editora, descobrindo que não era ela e sim seu chefe, o responsável pela reunião que, por acaso, era o sócio-diretor do lugar. O escritório da diretoria era todo em tons escuros, com móveis arrojados e leves sinais exóticos em algumas mobílias, como as cores vibrantes dos vasos floridos ao redor da sala de espera. Mal sentou quando todos foram chamados para entrar na sala de reunião, onde tinha uma ampla mesa com cadeiras de design moderno, entre paredes envidraçadas com vista para toda a cidade. Nossa, dali a visão da cidade era espantosa.

— Boa tarde, doutores, sejam bem-vindos.

Kate arregalou os olhos, completamente surpresa, quando ouviu a voz de Gabe vindo da porta. Ele continuou caminhando até chegar ao centro da sala perto do projetor e continuou falando.

— Acabei de enviar para o email de vocês algumas correções e sugestões de alterações, mas, ainda assim, à frente de vocês, está uma pasta com os textos para serem lidos.

Kate, ainda chocada, pegou e abriu sua pasta. Uau, quanta coisa riscada e escrita. Ele devia ver coisas até onde não existiam.

— Doutores, em linhas gerais, os trabalhos estão bons e uns, realmente, excepcionais. Mas quis trazê-los aqui para explicar o porquê de tantas alterações. Esse compêndio que estão fazendo é um texto resumo para estudantes iniciantes, então, é preciso que vocês adequem muita coisa. Da exposição de conceitos legais mais básicos a explicação esquematizada de temas, seriam coisas muito bem-vindas, além disso...

Ele continuou discursando e Kate passou a perceber quão bem ele vestia aquele elegante terno de três peças tão bem cortado à perfeição. Ele gesticulava enquanto falava, com uma graça natural. Aqueles cabelos negros e argutos olhos sombrios pareciam guardar segredos inimagináveis. Despojando aquela roupa, facilmente o podia imaginar como um cigano. Talvez com cabelos mais alongados e um brinco de argola em uma das orelhas, como seriam aqueles peitorais? Robustos de pelos ou depilados? Sem saber dizer o porquê, apostava na primeira hipótese, sentindo arrepios pelo corpo só de pensar em...

— Alguma dúvida, Srta. Campbell?

— Hã? — ela disse num ato reflexo. Alguns deram risinhos abafados, afinal, quem não ficaria sem falas diante daquela bela espécie masculina? — Na. Não. — Mais risinhos surgiram.

— Então, abaixe o braço, porque levantado desse jeito parece querer falar alguma coisa — disse o rapaz ao lado dela, dando um breve sorriso.

Prontamente com o rosto em brasa, ela juntou abruptamente as mãos no colo, voltando a prestar atenção no que ele dizia, reparando que ainda estava olhando pra ela, com a sugestão de riso em seus olhos. Não tinha se dado conta de que deixara de fazer anotações e, ainda com uma caneta em punho, apoiara o cotovelo na mesa, como se estivesse a sonhar...

A reunião terminou e, antes que pudesse sair, sentiu que alguém segurava seu cotovelo. Ao se virar para olhar, deparou-se com profundos olhos verdes.

— Kate, Daisy vai te levar à minha sala, quero falar com você, mas primeiro preciso atender algumas pessoas e tirar algumas dúvidas sobre o trabalho.

— Não posso, preciso ir — Kate respondeu tentando escapulir.

— É sobre seu texto — ele foi direto ao ponto.

Kate tragou a saliva e assentiu com a cabeça. Estava nutrindo expectativas sem sentido, era bem provável que ele já tivesse se esquecido dela. Desde o último encontro fatídico dos dois em sua casa, ela não ouvia falar dele. Poderia dizer que estava nervosa com a conversa, bem como com o rumo de seus pensamentos. Libidinosos ao extremo. Era muito provável que Kate precisasse ir a uma consulta com sua ginecologista. Seus hormônios deviam estar alterados.

O escritório dele era lindo e cheio de coisas belas e diferentes. O que será que dizia ali, naquele quadro com palavras impronunciáveis?

— "Existem ideias das quais não se consegue escapar. A gente se engaja ao dizer sim, ao dizer não ou quando se cala" — E a seguir as pronunciou no original, com uma fluência nata. Kate quase perdeu os sentidos ao ouvir aquele som mágico e musical. — É de um jornalista húngaro, Theodor Herzl. Meu pai me deu essa plaquinha e me mandou manter isso em mente quando pensasse na ideia de família — riu. — Ele me acha velho demais para continuar solteiro e está forçando uma barra para me ver casado.

— Ah — disse ela, deixando a boca um pouco entreaberta, de surpresa. Era muita informação para assimilar de uma vez só. Ele riu.

— Meus pais são húngaros e vieram para a América refugiados da Guerra com meus avós. Foram criados dentro de seus costumes e assim fizeram com seus filhos, nós. Então, imagina. Crescemos em meio a uma numerosa e festeira família, adoradora de danças, risos e comida, é claro.

Ela continuou surpreendida, fitando-lhe os olhos quentes, sem saber o que falar. Conseguia imaginá-lo no meio da grande família. Agora sabia de onde vinha aquele espírito brincalhão e matreiro que conseguia enxergar por baixo da casca da impecabilidade e implacável comportamento profissional.

— Nessa semana, li muitas vezes essas palavras e pensei em você.

O quê?! Casamento, eu e ele e tudo numa mesma frase? Kate pensou internamente que além de seus hormônios, sua audição também não estivesse boa. Ou talvez sua mente. Um psiquiatra seria o próximo passo.

— Não adianta me manter omisso ou negar a ideia de

querer você, estou preso a isso. A ideia de ter você, simplesmente, não saiu da minha cabeça durante toda a semana.

Oh. Libido, tu tens um novo nome. Szaloki. Um pouco desconfortável, Kate disse:

— Gabe, reconheço que meu comportamento no sábado passado foi um pouco desmedido. E não agi de forma propositada quando o mandei parar, só que...

— Kate, eu sei. Eu que peço desculpas pelo meu comportamento. Parece que quando estou com você não consigo me controlar, quando vejo, já estou com as mãos em você e a única coisa que penso é...

— Tá. Certo — ela o cortou. — Fico contente por termos esclarecido isso. — Kate levantou do sofá, encaminhando-se para a porta.

— Kate.

Ela girou e o encontrou encostado contra a frente da mesa dele, com os braços cruzados, fazendo com que o terno marcasse aqueles músculos esculturais e os pés ligeiramente afastados.

— Huh?

— Venha aqui.

E ela foi. Como se estivesse sob efeitos hipnóticos.

— Gabe, não acho que...

— Shhh... — ele a interrompeu e começou a beijá-la suavemente.

Porém, o beijo aprofundou e logo Kate sentiu-se correspondendo na mesma medida, devolvendo-lhe o beijo apaixonado. Suas mãos vaguearam por seu tórax e ela sentiu uma correntinha presa em seu colete. Continuou a exploração subindo novamente as mãos e enlaçando o pescoço de Gabe, que, por sua vez, segurava-a forte contra ele, devorando sua boca, fazendo-a sentir sua excitação e começando um movimento abrasador entre seus corpos. As mãos dela se desenlaçaram e desceram por suas costas, as unhas de gata o arranhando.

Kate fechou os olhos, enquanto um gemido saía de sua garganta, quando Gabe deixou seus lábios para passar a trilhar beijos molhados em direção à sua garganta, ao mesmo tempo em que abria sua blusa para acariciar a lingerie rendada que cobria um de seus seios. Oh, Deus... Kate pensou, segurando o cabelo dele com as mãos e fazendo-o se afastar de sua garganta com um gemido que parecia ecoar por dentro dela, para que pudesse voltar a beijá-lo com paixão, sentindo a boca dele sobre a sua.

Com muito esforço, ele conseguiu parar e se afastar um pouco, momento em que ela recuperou o fôlego.

— Você me assusta — disse Kate alarmada — e me assusto comigo mesma ao perceber a maneira como me comporto em sua presença.

Olhando para baixo, envergonhada pela confissão, viu que sua blusa estava aberta e a dele bagunçada, de modo que pôde entrever o antigo relógio de bolso ligado à correntinha, num colete meio desabotoado. Fora ela quem desabotoou?

— Entendo você e também me sinto assim — disse Gabe, dando-lhe um abraço carinhoso. — Vamos com calma, está bem? Devagar. Olha, já são seis horas. Vamos sair para jantar e então aproveitamos para passar um tempo juntos, inclusive conversar sobre seu texto.

Ela titubeou um pouco, mas no final decidiu arriscar. Depois de ganhar um rápido beijo dele, Kate se afastou embaraçada e começou a se ajeitar, voltando-se para recolher sua bolsa no sofá. Não se segurou e perguntou — O que achou?

— Sensacional. Apesar desse terninho se ajustar

perfeitamente em você, ainda prefiro o tailleur com aqueles saltos. Suas pernas são espetaculares e as saias sempre facilitam as coisas — ele disse e piscou um olho para ela.

— Gabe! — Kate o repreendeu rindo. — Estou falando do que escrevi.

— Eu sei — disse rindo — Seu trabalho também está sensacional, mas muito complexo para um aluno iniciante entender.

— Acho que você está subestimando os...

Antes que Kate pudesse completar a frase, foram interrompidos intempestivamente.

— Testvér!! — Entrou uma morena linda no escritório. — Que saudades!! — E o agarrou pela cintura, abraçando-o e fazendo uma efusiva festa.

Ele, por sua vez, não ficou para trás, beijando-lhe o rosto e passando a mão no cabelo dela, bagunçando tudo.

— Também estava morrendo de saudades, Karo — ele disse abraçando mais forte a morena.

Kate sentiu todo o sangue esvair de seu rosto. Estava explodindo de ciúmes e raiva, mas não deixaria ninguém perceber a facada em seu peito, naquele instante. Tentou sorrir delicadamente diante de tamanha intimidade e falou: — Bom, Dr. Szaloki, podemos deixar para depois a reunião sobre o artigo? Acabei de me lembrar de que tenho um outro compromisso. Com licença — disse e tentou sair despercebida.

Antes que os dois pudessem se soltar do agarro e ele impedir a fuga de Kate, um homem da mesma altura de Szaloki passou ao seu lado quase a imprensando na parede.

— Dr. Szaloki, espero não estarmos atrapalhando uma

séria reunião de trabalho, como falou que estaríamos fazendo se chegássemos mais cedo — disse o homem misterioso.

Kate tentou se afastar da sala, mas, antes que pudesse completar sua missão, uma mão forte agarrou seu braço em um aperto mortal.

— Kate, estes são meus irmãos, Karol e Andras. E eu não falei nada disso, deixa de encher meu saco. Falei simplesmente para vocês esperarem uns minutos na recepção, caso eu não tivesse terminado a reunião. Coisa que já aconteceu — Gabe respondeu e deu um murro no ombro do irmão.

— Estava brincando, testvér. Mamãe anda resmungona, falando que tem te visto muito pouco, dizendo que passa lá em regime de visita de médico. Espero que na Páscoa você se redima com ela — disse Andras e deu-lhe uma piscada matreira.

Kate ainda estava concentrada no som da palavra estrangeira que tanto a irmã, quanto o irmão usaram para se referir a ele, "irmão".

— Você vai passar o feriado em casa, Gabe? — a irmã perguntou.

— Sim, eu e Kate. Íamos combinar isso agora, no jantar. — Seus irmãos se entreolharam surpresos. Ele nunca tinha levado alguém antes pra casa. Quem seria essa Kate? — Vamos todos no meu carro? Assim vocês me atualizam das últimas novidades familiares.

Kate o olhava estupefata. Como assim ela iria passar o feriado com ele? Por acaso concordara com alguma coisa antes e não se lembrava? Definitivamente, ela tinha que marcar uma consulta com o psiquiatra o mais rápido possível.

— Gabe — e antes de conseguir argumentar a informação errônea que ele deu aos irmãos, Karol a abraçou colocando um braço sobre seus ombros e falando em tom de confidência feminina:

— Você vai adorar a regada, Kate!

Regada? Não era Páscoa? E como é que ele a incluía assim, sem consultá-la dando por certo que o acompanharia? Homem presunçoso.

Capítulo Doze

Aquele final de semana fora realmente mágico. Na sexta-feira, depois da reunião no escritório de Gabe, eles saíram para jantar em companhia de seus irmãos e o mesmo se revelou imensamente divertido, com trocas de brincadeiras entre eles. No sábado seguinte, saíram para ir ao Museu juntos e, no domingo, terminaram vendo uma comédia no cinema ao final da tarde. Não sabia se ficava surpresa por ele ter aceitado assistir a uma comédia romântica ou por ele ter rido o tempo todo. Ele a surpreendia a cada momento.

Estava em sua mesa na segunda-feira quando seu telefone tocou e foi solicitada que se dirigisse ao escritório de Magnum. Esqueceu completamente de subir para a reunião. Onde estava com a cabeça?

Quando ela bateu à porta informando sua presença, Kate sentiu um leve arrepio percorrer seu corpo. Olhou para todos os lados para averiguar se estava sendo observada, mas não havia ninguém.

— Dr. Magnum, desculpe-me o atraso — pediu formalmente.

— Querida, sem problemas. Você nos tem enchido de orgulho. Tão jovem e tão dedicada. Nosso escritório está sendo elogiado e invejado por termos adquirido nossos direitos sobre essa sua inteligência excepcional — ele falou. Peter também estava por ali, olhando-a com uma expressão contrariada ao lado do pai, o Dr. Foster.

— Resolvemos te dar um presente magnânimo. A glória de todo advogado. Você irá assessorar o Dr. Foster num caso de grande repercussão. Irá trabalhar em conjunto também com outros advogados.

— Os advogados dos casos que você tem auxiliado, e noto que são muitos, só tecem elogios sobre você — falou Dr. Foster. — Você já tem uns bons meses de trabalho aqui. Já está na hora de eu dar uma boa avaliada nisso com meus próprios olhos — Peter sorriu atrás do pai. Sabia da fama do Dr. Foster, exigente ao extremo.

Kate estava estupefata. Uma batalha judicial real? Como as que ela se habituara a assistir nos Tribunais ao longo de seu curso? Ou quiçá em seus filmes prediletos?

— Oh, nossa — ela olhava embasbacada.

— Sim e será histórico. Porque o outro lado das partes não é ninguém mais, ninguém menos que Gabe Szaloki — Magnum disse com um sorriso genuíno. Hummm, problemas à vista. Kate esperava que não fosse antiético estar saindo com o advogado "inimigo", então.

— Está se sentindo bem, querida? Ficou pálida de repente — disse Dr. Magnum.

Kate riu de mau jeito.

— Não, é porque realmente não dormi direito. Desculpem-me.

— Imagino. Sei que as pessoas estão te sugando e que até levando trabalho para casa você está. Bom, Kate, não quero te enganar e mentir para você, dizendo que isso não vai acontecer. Vez ou outra você precisará ficar até mais tarde e levar trabalho com você. Mas isso não é a rotina. Você vai continuar como assistente e só dos advogados juniores. Mas isso, depois de terminado o caso do Dr. Foster. Até lá, sua atenção é exclusiva para esse caso. E quem sabe dependendo do resultado... Bom, vamos ver.

Capítulo Treze

A política de canalizar suas energias em exercícios físicos era um bom fator para Kate, já que ela e Gabe estavam mantendo as coisas em águas rasas, além de terem achado melhor combinar de não falar sobre trabalho, visto sua assistência no caso do Dr. Foster. Continuava fazendo suas aulas de pilates, mantinha Fay satisfeita contando e inventando casos ardentes que ela possivelmente nunca teria - preferia aguardar um pouco para contar a ela sobre ela e Gabe - e evitava, a todo custo, um encontro com Peter. Mesmo que ele tentasse de todas as formas possíveis e inimagináveis cutucá-la no trabalho, ela fazia vista grossa.

Kate estava absorvida pelo caso atual. Agora era a hora de mostrar seu potencial. Era de grande porte, se contasse o fato de que uma empresa pequena de computação estava digladiando com uma gigante e reconhecida marca de softwares, sendo representada pelo mega astro jurídico Gabe Szaloki.

Kate estava afundada em pesquisas jurídicas, casos semelhantes, livros e afins, de modo que sua vida girava em torno de achar uma brecha que lhe desse respaldo técnico para um julgamento fundamentado em fortes argumentos.

A empresa que ela representava pleiteava direito exclusivo sobre a comercialização de um software que fora desenvolvido em seus domínios, visto que um de seus ex-funcionários levara a nova tecnologia desenvolvida à gigante que o contratara e rapidamente lançara produto idêntico à venda. Era um duelo de Davi e Golias.

Mas Kate não desistia nunca de suas metas. Ela acreditava piamente que a empresa a qual defendia tinha plenos direitos em relação ao seu algoz. Ela acreditava na justiça.

Assessorar o Dr. Foster era gratificante porque ele demonstrava ter um vasto conhecimento sobre o assunto, sabendo conjugar leis, doutrina e jurisprudências favoráveis ao caso com grande facilidade. Ele era exigente e controlador. Falava rapidamente e exigia que Kate fosse participativa, estivesse atenta aos debates e que o acompanhasse em seu raciocínio, coisa pouco provável, tendo em vista a agilidade que ele tinha ao analisar as evidências traçando um paralelo com a dinâmica dos fatos. Kate ficava assombrada com a performance do Dr. Foster, pensando que, se dali a vinte anos, ela tivesse, no mínimo, 50% daquele rendimento, iria se considerar bem-sucedida. A oportunidade era única e ela aproveitava como podia, saindo tarde do escritório e chegando cedo para se enfiar novamente nas reuniões com o Dr. Foster.

Peter passava sempre pelo escritório do pai e a observava em ação, o que a deixava extremamente nervosa, porque aquele olhar contido nunca saía de seu rosto. Era como se ele estivesse esperando para ver a derrocada de Kate. O sentimento de despeito que ele sentia era intenso. Saíra o doce e prestativo amigo e entrara o rancoroso e abusivo Peter Foster. Se existisse um termo para exemplificar o bulliyng dentro de um ambiente de trabalho, este seria nominalmente aplicado ao que Peter andava praticando com ela.

Cada argumento que ela levantava para o Foster pai, Peter rebatia tentando deixá-la embaraçada diante do chefe.

O Dr. Foster parecia alheio a esse processo, mas os nervos de Kate já estavam em frangalhos. Ela nunca gostara de ficar mal resolvida com uma pessoa. O clima ficava ruim e as coisas não fluíam bem enquanto não resolvesse as pendências. Talvez por essa razão, ela e suas amigas nunca tenham realmente se envolvido em uma discórdia estranha que culminasse no término da amizade. O que elas tinham que falar, elas falavam, e nada ficava velado ou oculto. Os conflitos eram resolvidos ali, na hora.

Agora, ela entendia bem o porquê de muitos escritórios serem terminantemente veementes quanto à proibição de relacionamentos entre colegas. Num caso de rompimento entre o possível casal, o clima ficava gélido e ácido. Exatamente como o que Peter queria impor a Kate naquele momento. Mesmo que ela afirmasse a si mesma que Peter adquirira um direito de posse estranho em relação a ela.

O dia da audiência preliminar chegara e Kate podia dizer que duas xícaras de café não afetaram seu equilíbrio emocional. Ela estava excitada, mas estranhamente não estava nervosa em hipótese alguma. Sobre um alto scarpin preto, ajeitou seu tailleur, também preto, e seu cabelo, que estava preso em um rabo de cavalo alto e estiloso. Conferiu sua maquiagem e garantiu para si mesma, como se fosse um mantra, que ela não estava se ajeitando porque, em breve, veria Gabe. Viram-se tão pouco nessas últimas semanas que antecederam a audiência, mas aquele pouco a tinha deixado nas nuvens. Idas aos museus, teatros, conversas ao ar livre e beijos apaixonados. Considerava-se pronta para avançar mais um estágio naquela relação, se é que podia chamar o que tinham de relação. Nunca falaram abertamente a respeito.

Chegando ao Tribunal, descobriu por um dos advogados do escritório que o Dr. Foster não estaria lá em tempo hábil.

— E agora, quem vai fazer a audiência? Ela está prestes a começar e preciso passar as anotações do Dr. Foster para o substituto — disse Kate apreensiva.

Os advogados se entreolharam e um deles disse: — Dra. Campbell, o Dr. Magnum está ao telefone e quer falar com a senhorita. — Entregando o celular para ela.

— Alô? — disse, começando a sentir a adrenalina correr pelo corpo.

— Kate? Ainda estou em Chicago. Consegui falar com o Peter ainda há pouco e ele me avisou que Foster não está se sentindo muito bem, parece que ele e sua mãe o estão levando para uma clínica médica, por precaução. Kate, nós fomos pegos desprevenidos. Apesar de termos outros advogados gabaritados no escritório, ninguém chegará aí a tempo.

— Dr., tem uma equipe de seis profissionais aqui, talvez o Dr. Daniels possa tomar...

— Não, Kate — interrompeu Dr. Magnum. — Ninguém melhor do que você será capaz de realizar essa audiência. Ninguém além de você tem se dedicado tanto ao caso com o Dr. Foster. Já noticiei a todos da equipe sobre isso, antes de nos falarmos. Vá lá, Campbell, dê agora o seu melhor — Magnum finalizou a ligação desejando uma boa audiência e pedindo retorno quando a tivesse acabado.

Kate ficou estarrecida. Alguns membros da equipe foram até ela desejar sorte, fizeram uma rápida reunião e decidiram que ela entraria na sala com Jacob a assessorando. Acompanhando-os em sua mesa, o diretor da Microvybe, empresa cliente.

— Com medinho, bebê? — Apareceu um dos que disputavam a vaga de advogado júnior no escritório enquanto caminhava pelo corredor rumo à sala de audiência. — Vou sentar lá e apreciar o espetáculo de ver você ruindo e gaguejando na frente do Dr. Szaloki. Ou acha que ele vai ser bonzinho com você? Ele vai te comer viva, querida. E será bem feito para você — o tom invejoso era repugnante.

Kate continuou a caminhar sem vacilação. Resolveu repassar mentalmente o trâmite processual. Gabe e Dr. Foster concordaram em pedir imediato julgamento, dispensando o júri e optando por terem a ação decidida por um juiz. As questões a serem discutidas na presente audiência já tinham sido traçadas dias antes, então, a análise das provas estava limitada ao que já fora proposto.

Quando entrou na sala de audiência e cumprimentou o juiz, suas pernas tremiam. Não olhou para lado algum e encaminhou-se diretamente para sua mesa. Antes que chegasse lá, um dos membros da Junta a chamou, juntamente com Gabe, para avisá-los de que as testemunhas tinham chegado e aguardariam sua vez na sala ao lado, de modo que a audiência começaria em cinco minutos.

Sozinhos e antes de retornarem aos seus lugares, Gabe falou de forma atenciosa: — Nunca vi Foster se atrasar antes. Talvez consigamos um adiamento com o juiz até ele chegar. Quanto tempo irá demorar?

— Gabe, quem vai fazer a audiência sou eu — disse Kate olhando-o nos olhos e vendo a consternação ali refletida.

— Você? Está louca?! — ele falou, fazendo com que algumas cabeças curiosas virassem até eles. — Vamos sair daqui e conversar lá fora.

— Gabe... — ela falou.

— Agora.

Saindo da sala, Gabe se certificou de que o corredor estivesse deserto e voltou a falar rapidamente: — O que houve?

— O Dr. Foster não estava se sentindo muito bem, ainda não sabemos como ele está, só que foi levado a uma clínica médica por sua família.

— Nossa, que situação. Kate, eu não costumo fazer isso, mas concordo em remarcarmos a audiência. Podemos alegar que surgiram prov...

— Não, Gabe, eu vou fazer a audiência.

— Kate, essa não é uma boa ideia, você...

— Estou completamente inteirada de todos os procedimentos, trabalhei arduamente nesse caso e não me sinto...

— Kate — Gabe a cortou — não temos mais tempo. Por que Daniels não toma a frente do caso?

— Você acha que sou incompetente para isso? — perguntou com irritação.

— Você não tem experiência, esse caso é sobre uma situação complexa, quero evitar...

— Minha humilhação?! — Kate interrompeu, fulminando-o com os olhos. — Você é muito seguro de si, não é mesmo? Seu arrogante prepotente. Aquela história de "seu texto é muito complexo para alunos iniciantes" quis dizer o quê? Que posso escrever para resumos estudantis, mas não estou à altura de um caso seu?

— Kate, como minha mulher, é antiético estarmos juntos em lados opostos de um mesmo caso — Gabe tentou mudar de argumento e fazer com que Kate cedesse, ao menos, em nome do bom comportamento profissional.

— Não há nada antiético, nunca conversarmos sobre trabalho. E eu não sou sua mulher!

— Claro que é! — ele falou já exaltado.

— Seu machista!

Nessa hora, eles ouviram o pregão anunciando a abertura da audiência.

Exasperado, Gabe olhou para Kate, que, tremulando de raiva, virou-lhe as costas batendo a porta da sala em seu nariz. Ele respirou e tentou se acalmar, abrindo a porta e murmurando o juramento de que nunca mais se veria numa situação como essa de novo.

— Doutores, senhores e senhoras aqui presentes, damos início à audiência do caso Microvybe versus Cybershot, em que a primeira empresa propôs uma reclamação em face da segunda, alegando que teve sua patente infringida quando a empresa acusada passou a comercializar a cópia de um software seu, já que teve acesso às informações vazadas pelo ex-funcionário David Polland, antigo programador criador da Microvybe e novo funcionário da Cybershot. E, por tal motivo, foi requerida a imediata suspensão do software copiado; a proibição permanente de sua venda; e uma indenização compensatória devido à utilização ilegal do produto, estimada no valor de quarenta milhões de dólares — o juiz continuou com seu relatório. — A reclamação foi aceita. Em defesa, insurge-se a empresa ré, aduzindo que seu atual funcionário David Polland fora antes contratado pela Microvybe para reproduzir antigos programas, nunca tendo participado da criação de novos softwares. A ré aduz ainda que se encontra em seu direito de comercializar o produto, tendo em vista que o mesmo foi criado e produzido por ela, requerendo, portanto, a improcedência dos pedidos. A instrução processual já foi realizada por ambas as partes e as tentativas de acordo, frustradas. Passamos agora à oitiva de testemunhas. Que entre a primeira testemunha, Sra. Sarah Spencer.

Kate respirou fundo, levantou-se e chegou próximo à testemunha, começando a perguntar: — Sra. Spencer, há quanto tempo trabalha na Microvybe?

— Cinco anos.

— Durante esse período trabalhou com David Polland?

— Sim.

— E no período que ele ainda trabalhava na Microvybe, você sabe dizer se ele já mantinha contato com a Cybershot?

— Sim. Às vezes, eu substituía a recepcionista quando

ela faltava e cheguei a passar algumas ligações de David para a Cybershot e vice-versa.

— E esse software da Microvybe foi produzido pelo Sr. Polland e demais programadores?

— Sim.

— Então, o Sr. Polland trabalhava na equipe de criação?

— Sim, era o que eu ouvia dizer no escritório.

— Protesto, Excelência. A testemunha não pode falar o que ouviu dizer de terceiros, só o que ela mesma ouviu — disse Szaloki sentado à sua mesa e observando a cena.

— Protesto aceito. Dra. Campbell, alguma outra pergunta?

— Não, meritíssimo — disse Kate, tensa, voltando a se sentar. Droga, ela pensou, estava apenas começando a organizar os pensamentos quando ele a tinha cortado.

— Dr. Szaloki? — indagou o juiz.

Sentado de onde estava, Gabe anuiu com a cabeça e perguntou à testemunha:

— Sarah — disse com um sorriso cortês — qual seu cargo na empresa?

— Sou técnica da área de suporte.

— E sua função lá é?

— Atender aos clientes que tenham dúvidas e dificuldades na utilização dos nossos produtos.

— Certo. Às vezes, a gente encontra certa dificuldade em usar esses aparatos tecnológicos, eu mesmo me confundo — ele disse, provocando um sorriso tímido na testemunha. — Diga-me, Sarah, como estão divididos os departamentos lá no escritório de vocês?

Kate olhava Gabe tomando o depoimento da testemunha como se estivessem conversando informalmente num barzinho. O que ele pretendia com aquela simpatia? Kate pensou, intrigada.

— São dois andares, divididos em baias. Em cima, os analistas, técnicos em TI, programadores. Embaixo, fica a parte da recepção, administração e ouvidoria...

— Ah, entendi. Suponho que, na parte de cima, o acesso era mais fechado, restrito a funcionários, não é? — ele perguntou, meio bobamente, de acordo com a opinião de Kate.

— Isso mesmo — disse a testemunha — embaixo o acesso era aberto, pois ali eram recebidos os clientes, de modo geral.

— Deixe-me ver se entendi bem. Como você trabalhava no suporte técnico e atendia clientes, certamente trabalhava no andar inferior, correto?

— Isso mesmo — ela disse, satisfeita em tê-lo feito entender a sistemática das coisas.

— Bom — ele disse, perdendo a maciez na voz e adotando um tom eficiente. — Então, é certo afirmar que você e David Polland trabalhavam em locais diferentes e distantes, já que ele era programador. Você passava muito tempo no segundo andar?

— Bem, não muito.

Sem dar tempo para ela respirar, ele perguntou: — Você via o Sr. Polland com frequência?

— Às vezes eu o via chegar.

— A senhora — cortou Gabe — tinha o hábito de conversar com ele durante o expediente?

— Não. Sim. Bom, algumas vezes nos dávamos bom dia quando nos víamos, ao chegar para trabalhar no...

— Trocavam cumprimentos! — Gabe falou em tom

mordaz. — E "às vezes" o via ou "às vezes" trocavam cumprimentos. Então, como pode, com base num raro "às vezes", afirmar que ele trabalhava ou não na área de criação da empresa? E como pode ter afirmado que o software é da Microvybe com a participação do Sr. Polland se nem ao menos o conhecia ou trabalhava no mesmo ambiente de trabalho?

— É po-porque lá na empresa todos trabalhamos num clima descontraído, as pessoas comentam umas sobre as outras e... e... ele foi contratado como programador, então, provavelmente deve ter trabalhado também na área de criação — disse Sarah atabalhoadamente.

— Sra. Spencer, por acaso está supondo que David Polland trabalhava como programador de criação e participou da criação desse software com base em rumores e probabilidade?

— N-não! É porque lá todo mundo se dá bem e certamente às vezes David....

— Sra. Spencer, não quero "às vezes". Você viu David Polland trabalhando na área de criação?

— Protesto, Excelência. Ele está coagindo a testemunha, ela não está em julgamento aqui — disse Kate, inconformada com o rumo da situação.

— Protesto negado, prossiga doutor — disse o juiz sem olhá-la.

— Sra. Spencer — repetiu Gabe após lançar um olhar reprovador a Kate — você viu David Polland trabalhando na área de criação?

— Não.

— David Polland comentou com você que trabalhava nessa área?

— Não.

— Sra. Spencer — Szaloki perguntou exasperado — você por acaso esteve no setor de programação por um período superior a cinco minutos para saber o que se passava lá? Esteve com o Sr. Polland durante o expediente para estabelecer uma mínima conversação com ele?

— Não. Não!

— Excelência, sem mais perguntas — disse Gabe.

O juiz inclinou a cabeça e assentiu, dizendo ser evidente que a testemunha não tinha nenhum conhecimento dos fatos.

Merda! Pensou Kate, alarmada. Era essa a conclusão que Gabe queria que o juiz tivesse. E teve. Também entendeu a simpatia fora de hora. Conseguira fazer com que a testemunha relaxasse, falando mais coisas do que deveria. Merda duas vezes.

A maioria das testemunhas foi ouvida e o resultado disso foi infrutífero para Kate. A cada minuto que passava, mais terreno ele ganhava. Nesse momento, Gabe estava alegando que, independentemente de qual empresa David estaria trabalhando, as evidências e demais provas indicavam claramente que a reclamação feita pela Microvybe era improcedente.

Ela e Gabe já tinham apresentado suas provas, faltando somente o depoimento da última testemunha, Sr. David Polland. Claramente, a tese de Gabe era mais consistente. O caso iria se encerrar ali mesmo. Kate, inquieta, não conseguia se sentar. Em pé e acalorada próxima à sua mesa, desabotoou o blazer, enquanto assistia Szaloki continuar a falar com segurança:

— O direito natural do inventor sobre seus inventos, conforme a concepção lockiana de que o homem se torna proprietário do fruto de seu trabalho, é a regra no sistema de patentes. David é o criador do software, sendo o único a possuir o direito de vendê-lo, o que, no caso, faz em parceria com a Cybershot.

O juiz concordou com a cabeça e disse: — Essa recente explosão de litígios de patentes na indústria de software e sua proliferação vêm acumulando processos em nossos Tribunais — disse o juiz, cansado. — Dra. Campbell, deseja fazer algum adendo antes de eu chamar o Sr. Polland?

— Sim, meritíssimo. O direito de patentes não nasceu como um direito natural do "inventor", mas como um instrumento de política de desenvolvimento. Hoje, a detenção do direito de propriedade de patente é relativizada nas Cortes.

Kate falava bem, Gabe notara, mas a via agitada. Se pudesse ter evitado esse confronto, teria. Enquanto ela falava, também notara que tinha retirado o blazer e que os botões superiores da blusa estavam abertos, provavelmente devido aos seus movimentos. Com isso e com muita boa vontade, conseguia vislumbrar um pedacinho marfim rendado de sua lingerie. Baixou o olhar e viu como a saia se amoldava bem às suas curvas e cobria um par de belas coxas, que terminavam em longas pernas torneadas calçadas por um belo salto alto.

— Mas a questão é — ela dizia — o Sr. Polland criou esse software em parceria com outros funcionários da Microvybe na época em que ainda trabalhava lá, fazendo com que o programa seja de propriedade da empresa e não de um funcionário específico, de modo que ninguém mais poderia comercializar o produto a não ser meu cliente, a Microvybe.

— Doutora, desde a decisão da Suprema Corte no caso eBay versus MercExchange, tem sido incomum nossos Tribunais emitirem ordens proibindo permanentemente as vendas de produtos que violam essas patentes, que, como disse anteriormente, estão sendo relativizadas pela Corte — falou Szaloki em suave tom de zombaria.

— Doutor, contenha-se — o juiz chamou a atenção dele, já que não era sua hora de falar. — Dra., até concordaria com você se tivesse alguma prova que indicasse isso nos autos do processo — disse o juiz enfadado, dando prosseguimento aos trâmites.

Nesse momento, o Dr. Daniels entrou pela porta e discretamente caminhou em sua direção.

— Campbell, chegou agora uma gravação de ligações entre David e funcionários da Microvybe. Numa delas, David admite ter pedido demissão por uma oferta melhor de emprego e eles discutem sobre o software que criaram juntos.

Tirando as palavras da boca de Kate, Jacob diz: — Daniels, agora é tarde demais, essa evidência é nova e não está incluída no roteiro da audiência que o Dr. Foster fez com Szaloki e o juiz.

— Não conseguimos essa gravação antes — disse o diretor da Microvybe, meio que se desculpando. — Até porque não mantemos todas as gravações dos telefonemas realizados em nossa empresa. Boa parte é descartada — ele continuou ansioso. — Será que conseguimos algo com isso, Dra.?

— Daniels, passe-me essas gravações — disse Kate, já montando um esquema na cabeça. Era agora ou nunca.

— Meritíssimo, quero oferecer uma prova com evidência relevante, é uma gravação de ligações entre David e funcionários da Microvybe.

— Protesto, Excelência. A fase para se juntar documentação já passou. A doutora está atrasada — manifestou-se Gabe.

— Protesto aceito — disse o juiz, que passou a chamar o réu para depor. O Sr. Polland foi devidamente inquirido por Gabe, confirmando os fatos que já tinham sido narrados nos autos. — A Dra. tem alguma pergunta a fazer?

— Sim, meritíssimo — disse e se dirigiu a David. — Sr. Polland, como era seu trabalho na Microvybe?

— Protesto, Excelência. A pergunta é muito vaga.

— Dra. — disse o juiz — reformule a pergunta e especifique melhor seu questionamento — disse o juiz, já sem paciência para Gabe.

— Sr. Polland — começou outra vez, resoluta em não fazer com que Gabe a vencesse pelo cansaço, agora que tinha uma chance real de reverter o caso — você trabalhou na Microvybe como programador da área de criação?

— Não, somente reproduzia e atualizava softwares antigos.

— Certo — murmurou Kate. Se ela conseguisse que as gravações fossem aceitas, já tinha feito a testemunha cair em contradição. — Então, depois que você se desligou da empresa, manteve contato com os funcionários de lá?

— Alguns.

— Sério? São seus amigos ou só conversas sobre negócios? — perguntou Kate, sentindo as coisas melhorarem a seu favor.

Gabe assistia Kate se movimentar, questionando a testemunha. O rosto dela estava meio afogueado pelo calor, a saia grudada ao corpo. Ele teve seus olhos presos àquelas belas pernas, que se deixavam ver um pouco mais pela fenda da saia, que se tornava evidente enquanto ela caminhava pela sala.

— Err... As duas coisas, talvez.

— Certo. Você conhece o regulamento dos funcionários da Microvybe, não é? Como era?

— Sim. Na hora da contratação foram passados termos para a gente ler e assinar. Eram sobre políticas de relacionamento, privacidade, procedimentos operacionais. Todos têm ciência disso antes de exercerem suas funções.

— Ótimo. Então, como você reconhece a política de privacidade da empresa...

Saindo do devaneio sobre as pernas de Kate, Szaloki pensou se parava ou não parava aquele interlúdio de perguntas e respostas inúteis. Ele estava sendo envolvido pela forte atração que sentia. Era encantador vê-la em ação, pensou, surpreso. Não via a hora de pôr as mãos nela e dar vazão aos seus desejos. Já estava mais do que pronto para a próxima etapa da relação deles.

Kate continuou, agora mal disfarçando o entusiasmo na voz: — Certamente essa política nunca o preocupou, já que trabalhava na linha de reprodução e não na criação de novos softwares. Logo, para você, era indiferente saber que as ligações do setor de programação eram gravadas pela empresa.

— Sim, mas eram gravadas teoricamente. Eles não mantinham as gravações dos telefonemas; eram muitas.

Mais um presunçoso, pensou Kate, abrindo um sorriso e falando. — Há seis meses, você esteve em contato com o Sr. Julian, do setor de recursos humanos da Microvybe?

— Possivelmente. Eles demoraram em pagar o que me deviam.

— E também esteve em contato com outros funcionários?

— Sim, possivelmente eu tenha ligado para lá — ele disse com um olhar apreensivo.

— Falando sobre o software objeto da ação?

— Dificilmente. Nunca criei nada lá — disse o réu nervoso e olhando para Gabe em busca de ajuda.

Que história de ligações era aquela? David nunca sequer tocou nesse assunto comigo, pensou Gabe, começando a se irritar.

— Nada mesmo? Nenhum software criado em parceria?

— Não.

— Tem certeza?

— Tenho!

— Excelência — Kate virou-se triunfante para o juiz — quero oferecer uma prova com evidência relevante, são exatamente as gravações dessas ligações que acabaram de ser mencionadas pela testemunha em seu depoimento. Não foram "teoricamente" gravadas, estão, de fato, gravadas aqui — disse Kate, apontando para o pacote que tinha em mãos.

— Protesto, meritíssimo, isso é pura especulação. O que ela quer é juntar uma prova nova no curso atual do processo.

Antes de o juiz se manifestar, Kate ataca: — Não é especulação! Temos ligações gravadas em que o seu cliente ora conversa com o responsável do RH, ora admite para um funcionário da Microvybe que produziu o software com eles enquanto trabalhava lá. O seu cliente acaba de reconhecer a existência de uma dessas ligações e acaba de mentir negando a existência da outra!

— Meu cliente não assinou um contrato ou termos dando ciência sobre essas políticas de privacidade. Então, se houve ligações gravadas à época, foram sem o seu conhecimento e consentimento. O que você tem em mãos é uma prova ilícita e imprestável para o processo! — Gabe vociferou no Tribunal.

— A prova é totalmente legal. Esses termos estão assinados e anexos nos autos, foram nossos primeiros documentos — Kate respondeu ferozmente, vendo de soslaio o juiz procurar tais documentos. Para ganhar tempo, continuou: — Na ligação, seu cliente assume ter produzido um software e o mínimo que deveria ter feito era manter o sigilo absoluto sobre ele, além de manter sua salvaguarda na cabine de trabalho.

O juiz voltou a olhar para os dois, seguindo os argumentos.

— E antes de se questionar a legalidade ou ilegalidade da

prova — Gabe argumentou — o conteúdo das ligações pode ter sido manipulado.

— Chega! — disse o juiz saindo de seu estupor e batendo o martelo para impor ordem no Tribunal. — Vocês pensam que estão aonde?! Protesto negado e a prova aceita e considerada como evidência.

— Excelência, impugno a prova apresentada, visto que nada garante a veracidade das informações ali prestadas, que certamente podem ter sido alteradas por terceiros — disse Gabe revoltado.

— Meritíssimo — disse Kate imediatamente após Gabe — a gravação foi periciada e a autenticidade de seu conteúdo foi assegurada pelo laudo que está junto com as gravações.

— Eu disse chega!! Vocês perderam a noção da dinâmica processual de uma audiência?! Isso não é uma feira, pelo amor de Deus! — chamou atenção o juiz.

Gabe exalava fúria. Fazia tempo que não era repreendido desse jeito por um juiz. Fazia tempo que não perdia o controle e caía num bate-boca desses. Claro que tinha perdido o controle! Na verdade, sua mente estava em outro lugar, em outro tempo. Ele não tinha conseguido apagar a imagem das pernas bem torneadas de Kate envolvidas em meias de seda e enroladas ao redor de sua cintura. Os saltos que ela usava deixavam suas formas ainda mais definidas e, se ele tivesse que atestar que fosse um homem tarado por pés, ele diria que se transformara naquele momento. Por diversas vezes, Gabe quase pôde ver suas mãos desmanchando aquele penteado e percorrendo, com os dedos, as ondas suaves de seus cabelos. Não sabia descrever o que estava sentindo naquele momento, era frustração sexual e profissional mescladas entre si, não sabia ao certo qual das duas mais se sobressaía.

Kate extravasava a energia que também se esforçou em

manter sob controle. Viu uma oportunidade real para mudar o peso da balança a seu favor e conseguiu atingir seu objetivo, o juiz aceitara a prova! Pouco se importava com as reprimendas do juiz. Valeu a pena. Virou para Gabe e o encontrou olhando-a diretamente nos olhos. A tensão que se estabelecia ali era palpável e Kate pôde sentir que ia muito além da efusiva disputa que acabaram de ter. Luxúria e desejo se refletiam nos olhos dele, como uma promessa que em breve seria cumprida.

— Doutores, a prova foi aceita e uma nova audiência será marcada em data ainda a ser definida por esse juízo. Nesse ínterim, Dr. Szaloki, concedo prazo para que tenha acesso à nova evidência e se manifeste sobre ela. Dra. Campbell, até a nova audiência, acolho um de seus pedidos e determino que sejam suspensas, temporariamente, as vendas do software feitas pela empresa ré — o juiz, que já não aguentava de cansaço, bateu o martelo e anunciou: — A presente audiência encontra-se encerrada. Dispensados. — Ato seguido, ele se levantou, retirou a toga e saiu do recinto.

Kate, sem palavras e de olhos arregalados, tirou as vistas do juiz que acabara de abandonar a sala e se virou para a mesa. — Você ouviu o que eu ouvi?! — perguntou ao Jacob.

— Kate! — disse Jacob perdendo a compostura e chamando-a pelo primeiro nome. — Você conseguiu a suspensão das vendas!

— Conseguimos! Conseguimos! — disse Kate rindo e explodindo de contentamento.

— Graças a Deus — disse o cliente.

— Essa decisão é temporária e na próxima audiência as coisas podem mudar — disse Daniels ao cliente. — Mas até lá, sem dúvidas, você deixará de perder alguns milhões. — E olhando para uma triunfante Kate, falou: — Parabéns, Campbell, isso foi muito mais do que esperávamos.

— Ainda não consigo acreditar no que vi — sussurrou Jacobs um momento depois. — No final, parecia que eles iam começar a se engalfinhar a qualquer momento.

Daniels riu e chamou a atenção de Kate, que tinha ido buscar um copo d'água, trazido por um dos membros de sua equipe à sala. — Campbell, Dr. Magnum está esperando uma ligação e seria excelente se ele recebesse as notícias de você.

Ela concordou, bebendo a água apressadamente e saindo da sala para fazer o telefonema.

Gabe a viu se despedir das pessoas que estavam ao redor dela e se dirigir à saída.

^*^

Ela andava em um passo fluido pelo corredor iluminado. Não demorou muito para Gabe alcançá-la em poucos passos. Agindo de maneira intempestiva, ele avistou uma das salas de audiências que se encontrava em reforma e a abriu arrastando-a lá para dentro.

Kate nem sequer teve tempo de gritar assustada. Antes mesmo de tentar sequer entender o que acontecia, ela se viu pressionada na porta fechada da sala de audiência escura e deserta. A boca de Gabe devastava a sua de maneira possessiva e com eficiência, amolecendo suas defesas mais veementes. Ela não conseguia pensar, não conseguia reagir contra. Tudo o que queria era se ver livre de suas roupas e ser possuída e preenchida de maneira surreal por Gabe Szaloki. Assim, quem sabe, ele seria retirado de seu sistema definitivamente.

A bolsa de Kate foi ao chão com um baque surdo, enquanto as folhas caíam como em câmera lenta. Gabe desabotoava seu terno de três peças e erguia a saia de Kate, simultaneamente, como se ao invés de braços, ele tivesse tentáculos. Tudo se movia numa atmosfera enevoada, talvez até mesmo pela luz lúgubre que adentrava o aposento pela janela superior. Uma camada fina de poeira serpenteava pela fresta de luz.

Os gemidos de ambos se misturavam aos sons de beijos molhados e úmidos que eram distribuídos pelo rosto, pescoço e qualquer pequeno pedaço de pele que surgia à vista. O tailleur de Kate estava prendendo seus braços e sua blusa de seda estava aberta. Ela ofegava enquanto os lábios de Gabe a sugavam sem misericórdia alguma. Suas mãos arrastavam os tecidos de suas roupas e quando as peles nuas se encontraram, Kate somente podia gemer:

— Gabe....

Kate viu um sapato seu voando pela sala, enquanto ouvia o som de sua meia fina se rasgando.

— Gabe... solte minhas mãos... — ela pedia.

Gabe subia e voltava os beijos pelo seu corpo luxuriante. O beijo que ele lhe dava agora era intenso, cheio de promessas. Ele arrancou o blazer de Kate e ela ergueu os braços para enlaçá-los pelo pescoço. Ao mesmo tempo, ele espalmou as mãos fortes e calosas em seu traseiro e a ergueu aconchegando seu corpo ardente ao seu, tirando-a de contra a porta e a carregando para mesa comumente destinada aos advogados atuantes nas causas que tramitavam dentro daquela salinha empoeirada. Eles se encaixavam de maneira irremediável. Côncavo e convexo. Como duas peças de um intrincado quebra-cabeça. Os dedos de Gabe percorriam seus recônditos mais secretos, fazendo com que Kate gemesse alto, enquanto ele a silenciava com seus beijos.

— Kate, você é minha — ele falava enquanto abria o zíper de sua calça ao mesmo tempo em que suspendia ainda mais a saia de Kate, que sentia o fim derradeiro da tormenta que assolava seu corpo, quando teve sua lingerie íntima rasgada.

Quando ele arremeteu seu corpo ao dela, Kate viu estrelas

e os dois gemeram em uníssono. Era como as cenas de livros de romances picantes que Fay lia para ela de vez em quando. Kate sentia seu corpo como um vulcão em erupção, com lavas quentes dardejando em seu baixo ventre e um fogo pecaminoso derretendo seus miolos mais sapientes.

A cada arremetida ritmada de Gabe, Kate ofegava. E quando ela, de maneira indecente e descarada, sugou a língua de Gabe em sua boca, prendendo suavemente o piercing entre seus dentes, ela sentiu Gabe perder o controle, fazendo-a gozar fortemente contra seu corpo. Kate nunca havia tido o chamado orgasmo múltiplo. Aquele que pipoca em vários setores de seu corpo simultaneamente, em vários espasmos intercalados e que amolecem as pernas, criando a sensação surreal de que a pessoa vai morrer ali, naquele momento. Até Gabe mostrar que aquilo era real. Muito real.

Capítulo Catorze

Os sons ofegantes que os dois emitiam era o único ponto audível na sala vazia. Kate estava abismada com seu comportamento. Ela não tinha palavras para exemplificar as sensações que tomavam conta de sua mente naquele momento. Fora o orgasmo mais glorioso de sua vida. Estarrecedor, para dizer a verdade. Mas Kate nunca se comportara daquela maneira impulsiva antes. Ela acabara de fazer sexo com Gabe Szaloki, numa sala de audiência deserta e logo após um caso no tribunal! Eles ainda tinham brigado antes disso. Kate não sabia onde enfiar a cara. O sentimento de vergonha estava sublimando o clímax poderoso, que fora tão avassalador quanto uma tormenta de verão.

Nenhum dos dois se mexia. Kate estava deitada com as costas apoiadas na mesa e as pernas ainda ao redor de Gabe, que fazia peso sobre ela nesse momento. Nenhum dos dois falava absolutamente nada. Mas Gabe sabia que a mente de Kate já devia estar dardejando sua consciência com culpa. Culpa essa que o corroía também, já que nunca antes fora impulsivo dessa maneira na hora de possuir uma mulher. Mesmo que a mulher em questão já o estivesse deixando louco há tempos. Ele acabara de fazer amor com ela, em uma sala de audiência em reforma, logo após tomar uma tremenda rasteira dela na audiência, que aconteceu depois de terem brigado nos corredores! Pelo amor de Deus! Ela também devia estar furiosa! O que ele queria era simplesmente parabenizá-la pelo desempenho, explicar seu comportamento anterior, dizendo que só tinha se preocupado com ela e não a subestimado... Mas na hora em que tocou sua mão, fora possuído por uma urgência de fazê-la sua que ele mesmo não poderia explicar.

— Kate... — ele falou com o rosto ainda enterrado no vão de seu pescoço, aspirando seus cabelos perfumados. — Sinto muito.

Aquilo foi demais para Kate. Um homem pedindo desculpas logo depois de possuí-la? Provavelmente seu desempenho fora péssimo mesmo. O arrependimento já havia batido forte, agora, ele era aterrador.

— Gabe, me deixe sair — ela disse, com a voz embargada.

— Não — ele falou e pegou o rosto dela entre as mãos, ainda a mantendo cativa pelo vínculo de seus corpos. — Você não entendeu. Antes da audiência com você, ao invés de te incentivar, te amedrontei e te irritei, fui um estúpido. E meu pedido de desculpas também se deu porque eu queria possuí-la numa cama, com conforto, com romance... E não assim, dessa maneira sem controle.

A palavra controle trouxe à voga o fato de que nenhum dos dois se precavera no interlúdio. Os olhos de Gabe se arregalaram sobremaneira.

— Porra... — ele falou e fechou os olhos. — O que quero que você entenda é que você tem me incendiado há tempos e, por mais que estivéssemos indo devagar, como combinamos, já estava perdendo a cabeça. Mas não queria dar a impressão de que sou um bruto e tratá-la dessa forma — ele falou e a beijou no pescoço. — Eu quero você de todas as formas possíveis, não sou sempre assim, rude como um caminhoneiro de estrada sem uma mulher há séculos — ele disse e riu.

— Gabe. — Kate o entendera, mas ainda estava pasma e, provavelmente, em choque com o ato que acabaram de praticar e a consciência de que não usaram preservativo. Por mais que usasse contraceptivos, nunca antes esquecera a importância daquele item.

Gabe a soltou lentamente, e a saída de seu corpo de perto dele trouxe um ardente sentimento de saudade. O que era inconcebível.

Kate ajeitou suas roupas lentamente. Esticou a saia com as mãos, tentando fazer parecer não tanto amarrotada, e logo abotoando a lingerie e a blusa de seda. Colocou o blazer do tailleur e como as meias estavam imprestáveis, arrancou o restante delas e embolou em sua mão. Foi mancando com um pé só no calçado, atrás do outro que voara para algum canto da sala.

Gabe já estava alinhado quando ela se virou.

Ele chegou até ela, levantou seu rosto para encará-lo, já que ela ainda mantinha seu rosto baixo. Seus dedos traçaram o formato de seu rosto, suas sobrancelhas, seu nariz, sua boca e a linha de sua mandíbula. Ele retirou o prendedor do cabelo que mantinha o rabo de cavalo no lugar, embora ele estivesse torto e necessitasse de uma reformulação visual.

Kate passou a língua pelos lábios ressecados e ainda inchados dos beijos ardentes trocados. Ela arrumou seu cabelo sob o intenso olhar de Gabe. Até então, ela não conseguia ainda emitir nenhuma palavra sobre o que fizeram.

— Kate, olhe para mim — ele falou.

Kate suspirou alto e ergueu os olhos para ele.

— Por favor, Gabe, só me deixe ir — ela pediu e sentiu os olhos marejarem.

— Não, não faça isso — ele insistiu. — Não torne o que fizemos em algo sujo, Édes.

O que seria "Idesh"? Esse pensamento passou por sua cabeça. Ouvir a palavra estrangeira que ele a chamara, da maneira como pronunciou, trouxe uma chama de calor em seu coração, mesmo que ela não soubesse seu significado, soava como sendo uma palavra carinhosa. Gabe Zsaloki estava se saindo muito diferente do que ela sempre imaginara. O avanço para o próximo estágio foi dado, mesmo que repentinamente e de maneira impetuosa. Dando um passo para trás se afastando dele, ela disse com um suspiro:

— Não vou fazer isso, Gabe, mas estou envergonhada do meu comportamento — ela disse e corou.

— Eu sei, me deixe compensar — ele pediu e a beijou brandamente em seus lábios. Começou de maneira suave. A boca de Gabe percorria a de Kate numa carícia suave, como um delicado pedido de desculpas. Mas as sensações ainda fervilhavam dentro dos dois. E saíram à tona.

Gabe interrompeu o que poderia culminar em mais um momento embaraçoso para os dois. Porque ele jurava que a próxima coisa que faria era deitar Kate no chão e fazê-la gritar até ficar rouca.

Ele sentiu que ela estava menos tensa e arredia agora.

— Vamos sair daqui, ir jantar ou alguma outra coisa — ele piscou o olho de maneira desavergonhada, tentando descontraí-la e tirá-la de seu estupor.

Kate riu de Gabe.

— Você se incomoda em sair primeiro? — ela perguntou.

Gabe lhe deu um beijo rapidamente em seus lábios e saiu da sala. Kate respirou fundo e esperou cinco minutos. Criando coragem, ela reuniu suas coisas e saiu para o corredor iluminado.

Logo à frente, uma multidão de outros advogados rodeava Gabe Szaloki e, vendo que a atenção dele estava completamente concentrada no assunto, Kate muniu-se de covardia feminina e saiu discretamente pela lateral do fórum, sem que Gabe a visse. Mesmo que a ideia de sair novamente com ele para um jantar romântico que culminaria, logicamente, em mais cenas de sexo ardente, fosse o que seu coração desejasse, Kate ainda sentia-se deslocada e incomodada com seu entrevero com Gabe Szaloki. Seus pudores definitivamente estavam fazendo um estrago em sua decisão pessoal de dar chance a um futuro relacionamento.

^*^

Quando Kate chegou em casa, naquele início de noite, ela ainda estava completamente aérea sobre o que acontecera entre ela e Gabe Szaloki naquela sala vazia do fórum. E pensou em sua fuga covarde.

Ela entrou em seu banheiro e jogou a meia de seda completamente arruinada fora, decidindo entrar num belo banho quente de banheira. Embora ela não quisesse apagar o cheiro de Gabe, que ainda impregnava seu corpo, ela queria descansar os músculos tensos que a sobrecarregavam. Ela sentia-se como se tivesse perdido o controle da situação, tendo sido pega de surpresa com a guarda baixa. Devia sentir raiva de Gabe, mas sabia que não conseguia dedicar o sentimento a ele porque a decisão de continuar no arroubo de paixão também fora dela.

Entrando na água escaldante, ela sacudiu a cabeça afastando os pensamentos confusos. Deitou a cabeça na beirada da banheira e se permitiu voar nas lembranças dos momentos ardentes que passou nos braços de Gabe. Se ela tivesse alguma dúvida de sua habilidade em sentir prazer com o toque de um homem, ele afastara a sensação naquele momento. Kate sentiu-se corar ao relembrar a poderosa sensação que assolou seu corpo quando enfim ela sentiu o clímax do ato final. Porém mesmo assim, ela ainda tinha dúvidas sobre como se comportar de agora em diante com Gabe. Ela sabia que ele era um homem espetacular e era completamente compreensível ver tantas mulheres entregues e loucas por ele, mas ela não queria ser mais uma. Ele, definitivamente, sabia o que fazer com uma mulher.

Quando saiu do banho perfumado, seus pensamentos

ainda estavam em Gabe Szaloki. Provavelmente, naquela noite ela não dormiria bem. Porque tinha certeza que ele perturbaria seus sonhos de maneira *absoluta*.

Capítulo Quinze

Kate teve um sobressalto quando ouviu o celular tocar bem ao lado de sua cama. Ao erguer o corpo, percebeu que estava deitada ainda enrolada na toalha de banho. Seus cabelos estavam uma massa completamente disforme, seu corpo com dores em lugares impróprios e desertos.

Atendeu de pronto sem nem ao menos olhar o visor.

— Alô? — disse e deitou o corpo novamente fechando os olhos. A sensação de ressaca era absurda. Poderia um momento de sexo selvagem fazer isso ao corpo de uma mulher?

— Édes. — A palavra dita em uma voz rouca e sexy foi o suficiente para acender uma fornalha dentro de Kate. Ela se levantou de pronto e encostou-se à cabeceira da cama.

Olhou o relógio e viu que eram quase dez da noite. Uau. Ela dormira quase que instantaneamente assim que encostou a cabeça no travesseiro, após o banho. O cansaço das últimas semanas e da tensa audiência naquela tarde surgiu sem prévio aviso e cobrou seu preço. Isso sem citar o tórrido momento entre ela e Gabe.

— Gabe — foi o máximo que ela conseguiu dizer.

— Quero te ver — ele disse em um sussurro quase inaudível. Porém era evidente em seu tom de voz, tanto um comando quanto uma súplica.

Kate colocou a mão nos olhos e sentiu o rosto enrubescer.

Mesmo que ele não estivesse ali para vê-la naquela situação, ajeitou a toalha o melhor que pôde em seu corpo.

— Você tem noção de que horas são? — ela perguntou em um tom risonho.

— Tenho. É a hora em que os amantes se encontram às escondidas — ele disse e deu uma risada rouca. Kate sentiu o sangue esquentar. Ela não sabia se a loucura que fizeram deveria ser repetida.

— Gabe... — ela tentou dizer algo, mas foi interrompida.

— Kate. Não fale nada ou pense absolutamente nada sobre qualquer assunto que venha com a expressão "isso foi um erro". Por favor — ele disse meio irritado. — Somos adultos o suficiente para lidar com isso. Eu quero vê-la.

— Pode ser amanhã? Já é tarde e acho que seria bom termos um tempo para pensar — ela titubeou ao usar a palavrinha delicada, mas a soltou em um suspiro — em "nós".

— Não, você já teve seu par de horas e quero te ver agora. Em 15 minutos, te pego aí. Vista uma calça jeans e um casaco quentinho, Édes — ele disse e desligou o telefone.

Kate suspirou fundo e se levantou da cama. O dia seguinte era um sábado, então, ela poderia se dar ao luxo de ficar até um pouco mais tarde fora de casa. Colocou uma calça jeans surrada, porém confortável, um suéter preto e ajeitou os cabelos em um rabo de cavalo. Calçou um par de botas sem saltos. Pegou sua bolsa e colocou alguns itens ali dentro. No banheiro, ela passou um pouco de blush nas faces e um batom rosado suave.

Quando terminou, apanhou suas chaves, um grosso casaco e antes de esperar a campainha tocar, já que a espera a deixaria nervosa e ansiosa, ela saiu para o saguão do prédio.

Gabe Szaloki parou o que só poderia ser considerado uma máquina à frente de seu prédio. Um conversível simplesmente espetacular, que não deixava nada a desejar quanto ao homem que o dirigia. Se Gabe já exalava um ar selvagem e perigoso, aquele carro parecia dar rédea solta a essa impressão para quem o visse.

Ela viu duas mulheres olharem embasbacadas, enquanto ele saía do carro indo ao seu encontro. Percebera que o tempo frio desordenara algumas mechas de seu cabelo, e deixaram seu rosto rosado.

Devagar, ele a puxou para o calor de seus braços, beijando-a delicadamente, não deixando dúvidas a que veio.

— Não gostei de ser deixado plantado depois da sua fuga, Édes — ele disse.

Kate sentiu-se corar. Fora pega no flagra, definitivamente.

— Achei que você nem daria falta, já que estava rodeado pelo seu séquito, Dr. Szaloki — ela disse com ironia.

— Impossível, quando tudo o que eu mais queria era carregar você dali para algum lugar, só nos movimentando o mínimo possível... Em outros afazeres que envolvessem estarmos nus ao redor um do outro.

Kate riu, envergonhada do descaramento de Gabe. Ele a fazia se sentir devassamente livre e desarmada. Como se ela não precisasse estar sempre na posição defensiva em relação a ele. Precisava? Ela pensou.

— Vamos. Já que você fugiu, vim pegá-la de volta — ele disse enquanto caminhavam, e logo abrindo a porta do carro para que ela pudesse entrar.

Quando ele se acomodou em seu assento de couro macio, Kate o viu elevar o rosto para o céu noturno e virar-se para olhá-la demoradamente.

— Podemos viajar assim? — ele perguntou — ou prefere que eu feche a capota por causa do frio?

— Tudo bem desse jeito — ela disse suspirando deliciada, fazendo-o arrancar suavemente com o carro.

Kate fechou os olhos e apreciou o passeio. E registrou o exato momento em que ele, ainda dirigindo, entrelaçou sua mão com a dela, posicionando-as delicadamente em seu colo, enquanto retirava momentaneamente os olhos da estrada para lhe direcionar um sorriso carinhoso. Eles fizeram um pequeno passeio pela agitada Orla de Boston, viram algumas atrações concentradas na área do cais e usufruíram de um romântico jantar.

O entrosamento que se instaurara entre eles era algo muito natural. Quando ela falava, ele a ouvia com genuíno interesse e quando ao contrário, era com enorme prazer que ela o via expressando suas opiniões. Suas formas de pensar se encaixavam através do equilíbrio que surgia entre a inteligência arguta de Kate e o brilhantismo ousado de Gabe. Durante o jantar conversaram sobre tudo e sobre nada e aos poucos ela sentia ir embora suas preocupações em relação ao envolvimento deles, cedendo espaço à agradável sensação de tê-lo ao seu lado.

Já passava de uma da manhã quando chegaram a um complexo de condomínios elegantes.

— Chegamos, Édes — ele disse.

Kate abriu os olhos e percebeu que quase adormecera no banco do passageiro.

Sonolenta, ela perguntou:

— Onde estamos? E o que significa "Édes"?

— Na minha casa — Gabe disse e ofereceu a mão para ajudá-la a sair do carro, protelando a explicação da palavra exótica com que a chamava.

Ele demonstrou que sua virilidade não o impedia de ser um homem gentil, uma característica que, conforme ia descobrindo, a encantava cada vez mais. Ela pensou por um instante e, ao estender a mão aceitando a dele, decidiu deixar-se levar pelo momento e seguir até onde aquilo a levaria. Despediu-se das dúvidas, da necessidade de estar no controle da situação e de compreender seus próprios sentimentos. Ia viver o momento, pura e simplesmente.

Ele deixou o conversível aos cuidados do manobrista que o estacionaria em sua garagem e se dirigiu com Kate para a entrada de seu prédio. A privacidade dos moradores daquele luxuoso condomínio em Ipswich era tido como fundamental. Era um condomínio à beira-mar, na parte norte de Boston, distante o bastante do bairro onde Kate morava para levá-la a se perguntar se ele realmente morava ali. Havia um elevador exclusivo para cada andar, que Gabe prontamente acessou com as chaves de seu apartamento. Enquanto subiam, ele foi até ela abraçando-a carinhosamente pelas costas.

— Édes — ele falou baixinho em seu ouvido, antes de afrouxar um pouco os braços, logo prosseguindo no mesmo tom macio de voz — em inglês se pronuncia "Idesh" e em húngaro significa "meu doce" — ele concluiu depositando beijos suaves em sua nuca. — Você é tão doce, Kate — disse e continuou uma tortura sensual de beijos lânguidos. Ela já estava se derretendo toda dentro do elevador.

Quando os dois saíram, Gabe a arrastou, ainda presa entre seus braços, até a porta, provocando risadas numa Kate já completamente desperta, que entrou aos tropeços em seu apartamento.

O reluzente piso de madeira corria por todo o apartamento, sendo que na sala de estar se via coberto por um grosso tapete felpudo em tons claros. Um legítimo Aubusson. Sofás da vibrante cor laranja, generosamente acolchoados, faziam frente à lareira que integrava o visual da sala. As paredes eram feitas de tijolinhos vermelhos e o teto rebaixado em gesso. Na ampla cozinha, o tom amadeirado persistia nos armários embutidos entre aparelhos de aço inoxidável e balcões de granito.

Eles se serviram de vinho na cozinha e seguiram até a sala, onde, comodamente, sentaram-se unidos no sofá, continuando a trocar impressões sobre o jantar e planejando assistirem à orquestra sinfônica que, em breve, se apresentaria na cidade.

Após compartilharem um instante de silêncio, beijaram-se lentamente. Kate sentiu os braços de Gabe a rodearem e trazendo-a para mais perto, momento em que ele pôde perceber que os olhos dela seguiam as escadas que davam acesso direto ao andar superior, onde estava o quarto dele.

— Acho que tem alguém aqui pensando o mesmo que eu — ele disse sorrindo e beijando a lateral de seu rosto. — Não consigo tirar as mãos de você, mas prometi que seria cauteloso e mais calmo com as preliminares.

— Uhum... — Kate respondeu, animada só de pensar no que estava por vir e, beijando-o no pescoço, sentiu seus arrepios.

Agora que a sensação de nervoso e timidez fora embora, ela podia deixar-se ser mais ousada.

— Aaah, não consigo! — disse o desistente Gabe para alegria de Kate.

Os dois foram aos trancos até o quarto, arrancando suas roupas, deixando-as largadas de forma aleatória e despudorada ao redor.

Embrenharam-se entre braços e pernas, beijos e arroubos. Mãos incansáveis, toques sutis e devastadores. As sensações estavam à beira do precipício. Nenhum dos dois conseguia conter os ofegos, os gemidos. Gabe a beijava e falava palavras em seu idioma que remetiam a uma terra longínqua, cheia de encantamentos.

— Drágám, te desejo — ele disse enquanto deslizava na suavidade do corpo de Kate. — Nunca senti uma coisa tão intensa assim, tão vital....

O ritmo marcado dos corpos e a liberação das essências de cada um permeavam o ambiente. Kate sentia lágrimas em seus olhos diante da sensação tão intensa que assolava seu corpo.

Ela sabia que seria daquela forma novamente nos braços de Gabe. E embora fosse um território novo, recheado das sensações mais loucas que ela pudesse sentir, não temeu se entregar. Gabe Szaloki carregava dentro de si tudo o que um homem precisava para ser apaixonante.

Quando enfim os dois alcançaram a glória e o ápice turbulento, as lágrimas de Kate correram pelo seu rosto. Gabe apenas sentira o calor das pequenas gotas enquanto estava com o rosto mergulhado no vão do pescoço delicado de Kate.

— Fui tão bruto assim, Édes? — ele perguntou e ela sentiu o sorriso enquanto ele aplicava um beijo em seu pescoço.

— Não. Estou sem palavras para explicar — ela disse, incapaz de expressar em palavras os sentimentos que assolavam seu peito. Poderia um prazer ser tão intenso que chegava quase a parecer uma loucura?

Gabe levantou a cabeça e a olhou contemplativamente por um longo momento.

— Talvez essas lágrimas combinem com o que sempre pensei de você, Szív — ele disse e viu Kate franzir o cenho. — O quê?

— Outra palavra estranha?

— Essa reflete, exatamente, o que você tem neste exato momento, drágám — ele disse e riu.

— Drágám? Não seria uma forma estranha de me associar a um dragão? — ela perguntou rindo.

Gabe riu mais ainda e passou as mãos nos cabelos de Kate, acariciando-a brandamente.

— Significa "minha querida", apenas isso — ele disse e a beijou.

Gabe se levantou e Kate se enrolou no lençol. Quando ele saiu da cama em toda a sua nudez gloriosa sem nenhum pudor, Kate não pôde deixar de suspirar. Aquele sim era um exemplar de puro macho alfa dominante da espécie.

Quando percebeu que Gabe entraria no banheiro, Kate o chamou.

— Gabe? — Ele parou e a olhou, passando a mão pelos cabelos desgrenhados. — O que significa Szív?

Ele deu-lhe uma piscada.

— Olhe no google, Édes.

Ele fechou a porta do banheiro antes de ter seu traseiro atingido por um travesseiro. Ligou o chuveiro sorrindo e lembrando-se de que, desde a primeira vez que a viu, sentiu algo diferente por ela. Seus ares de elegância e eficiência profissional serviam para camuflar um pouquinho da delicada feminilidade que possuía. Szív. Coração. Ela realmente tinha um coração muito doce, além de deixar transparecer intensamente suas emoções, percebeu Gabe, comovido.

Algo mudara quando ela estendeu a mão e aceitara a sua, enquanto saía do carro. Foi como se ela finalmente tivesse baixado toda aquela cautela que a cercava desde que passaram a sair juntos, como se ela tivesse parado de tentar analisar o que deveria ou não fazer em relação a eles, tentar achar o "certo" ou o "errado" ou planejar como seria dali para frente.

O que importava agora é que eles estavam juntos sem nada a se interpor entre eles. Poderiam experimentar livremente a mistura de sentimentos que sentiam e ver até onde isso os levaria.

Ao terminar o banho e voltar para o quarto, Gabe não pôde explicar o ligeiro aperto no peito que sentiu ao se deparar com sua gatinha dormindo na cama e enrolada entre os lençóis com um meigo semblante. Aquela visão o encheu de contentamento, trazendo calor para um coração que já sabia, mesmo que de forma inconsciente, não mais pertencer a uma pessoa só.

^*^

No dia seguinte, depois de uma noite ardente de amor e depois de ser vencida pela insistência de Gabe de não levá-la para casa, Kate se levantou e foi ao banheiro, olhando para seu reflexo indecentemente satisfeito no espelho.

Ela estava completamente desgrenhada, cheia de marcas vermelhas pelo corpo, resultado da barba incipiente de Gabe, e vestida sensualmente em uma camisa dele branca de botões. Ajeitou o melhor que pôde seus cabelos irreverentes e saiu em busca do cheiro delicioso de café.

Ela o encontrou sentado preguiçosamente na poltrona, enquanto lia o jornal.

— Já te contaram que agora você pode ler coisas como essa em leves telinhas retangulares? — implicou com ele.

— Gracinha. Prefiro ler o jornal assim. Sente-se aqui ao meu lado. Estou guardando um pouco da refeição para você, mas não garanto muito, sou cavalheiro, mas com fome eu viro um ogro com muita rapidez — ele disse e riu.

Kate estava quase se sentando ao lado dele, quando ele, em um movimento rápido, descartou o noticiário e a acomodou em seu colo.

— Aqui está bem melhor — disse e aspirou o perfume de seus cabelos. — Gosto de vê-la na minha camisa, mas acredito que vá estragar minhas audiências de agora em diante — ele disse.

— Sério? E por quê?

— Porque quando eu vê-la usando aqueles tailleurs sexys que você usa, vou apenas desejar imaginá-la nesta camisa — ele falou e abriu um botão. — Ou sem ela... — Kate deu-lhe um tapa na mão ousada e disse:

— Estou com fome!

— Eu também — foi a resposta que ele deu, fazendo-os rir como crianças.

Comeram em meio a um clima de camaradagem, e Kate surpreendia-se por estar tão à vontade com ele. Claro que, depois daquela longa noite, não haveria razões para sentir desconforto. Ele provavelmente marcara o corpo inteiro de Kate com beijos ardentes no transcorrer da noite. Conhecia cada pedaço de sua pele. Ela, entretanto, ainda teria muito território para pesquisar.

— Como será o feriado na casa dos seus pais? Como eles são? — ela perguntou, enquanto comia uma uva.

— Bem, é longa a minha história... tanto quanto meu... — riu quando ela deu uma cotovelada em suas costelas. — Ai...

— É sério, fale sobre sua família, você disse que são da Hungria?

— Somos húngaros. Na verdade, meus pais são. Vieram para os Estados Unidos quando nem tínhamos nascido, mas fizeram questão de nos educar no idioma e nas tradições para que não perdêssemos a raiz de nossa história. Tenho dois irmãos e uma irmã. Você não conhece o mais velho. Zóltan. É um rabugento de primeira qualidade. Pegou todos os genes nervosos da mãe. E do pai, juntos. Mas conseguiu se casar, graças a Deus. Grace tem esse nome exatamente porque aguenta o infeliz e ainda nos brindou com um sobrinho maravilhoso, Luca.

Ela riu e deliciou-se com as histórias da família. Descobriu que a mãe era como uma pilha radioativa e o pai, como um pavio. Estourava com facilidade. Mas que se amavam acima de qualquer coisa.

— E como você me incluiu num feriado familiar desses? Eles nem me conhecem. E você sequer perguntou se eu tinha ou tenho planos — ela disse rebelde.

— Eu já avisei que a levaria comigo, estão curiosos sobre você — ele disse e reparou na leve apreensão que ele pôde ver rapidamente nos olhos de Kate. — E mesmo que você tivesse planos, adiaria para me acompanhar. Quem iria perder a oportunidade única de conhecer uma tradição milenar e absurdamente fantástica?

— Tradição milenar? Que tipo? — ela perguntou erguendo uma sobrancelha.

— Está curiosa, Szív? — ele perguntou rindo e mordiscando seus lábios. — Você podia passar o fim de semana comigo, que tal? — ele pediu e abriu os botões de sua camisa. — Fique aqui comigo, isolada do mundo, somente nós dois.

Kate pensou na proposta.

— Eu não tenho nenhuma roupa sequer, Gabe.

Ele riu e a carregou no colo para o quarto.

— Para o que tenho em mente, drágám, não haverá necessidade de nenhum tecido cobrindo seu corpo — disse e a deitou com suavidade na cama.

^*^

Amanhecer com Gabe era, simplesmente, maravilhoso,

e quando Kate virou-se para o lado da cama e a encontrou vazia, seu coração deu um pulo. Desnecessário, claro, já que ela estava na casa dele, tão distante de seu próprio apartamento, mas mesmo assim o sentimento de vazio a preencheu.

Levantando-se timidamente da cama, Kate esticou o corpo para alongar seus músculos doloridos do uso excessivo naquele quarto. Ela sorriu para si mesma no banheiro enquanto se ajeitava e colocava a mesma camisa de Gabe que usara no dia anterior e que, agora, ela considerava como sua.

Quando chegou à sala, procurando por ele, viu que ele chegava suado e ofegante pela porta de entrada. Apesar do clima ainda frio para aquele mês, ele estava sem camisa, ostentando aquele tórax poderoso e com um suéter pendendo de seus ombros.

— Ohh... uau... se não é minha bela gatinha acordada — ele disse e se aproximou dela com um olhar predatório.

— Senti sua falta quando acordei — ela assumiu timidamente.

— Fui dar uma corrida na praia. Ou eu fazia isso para acalmar meus ânimos, ou eu a atacava sem piedade em seu sono — ele disse e com um sorriso enviesado e um olhar assassino a agarrou. — Embora eu tenha ficado penalizado em perturbar tão bela criatura dormindo placidamente, agora que está acordada posso colocar em prática meus pensamentos libidinosos.

Kate riu e sentiu que seu rosto ficava corado.

— Vamos, Szív... me deixe mostrar quais eram meus planos em te acordar... — ele disse e foi arrastando-a de volta ao quarto. — Garanto que você não vai ficar chateada...

— Gabe... você está suado! — ela disse rindo ao tê-lo se esfregando contra ela.

— Bom... assim eu imprimo em você minha fragrância e marco território.

— Que coisa mais tosca de se dizer, Dr. Szaloki — ela o repreendeu brincando. Ele já desabotoava sua camisa. — E machista... e petulante... ohhh...

— Você gosta da minha petulância, gatinha — ele disse e arrancou o suéter de seus ombros, ao mesmo tempo em que retirava seus tênis de corrida e sua bermuda. Sua excitação era clara em seus olhos verdes, agora quase negros de tão escuros.

Gabe não deu tempo mais para Kate falar. Ele dedicou a ela tudo o que reservara para demonstrar que ela preenchia seus pensamentos durante todo o dia. Ele mesmo estava abismado com a intensidade dos sentimentos que Kate despertava nele. Mas decidiu, durante a breve corrida que dera na praia, que não permitiria que suas dúvidas engolfassem o recente relacionamento dos dois.

A intensidade com que ele fazia amor com Kate a deixava pasma. Nunca antes ela pudera imaginar que sentiria-se assim com um homem. Ele preenchia todos os seus pensamentos. Kate já não sabia onde ele começava e onde ela terminava. Eles se encaixavam como peças de um jogo de xadrez, onde o rei adversário chegara até a rainha do outro lado e conquistara com um xeque-mate arrebatador. Kate percebeu que Gabe rompeu todas as barreiras que ela construíra em torno de si, depois do namoro desastroso com Mike. E ela dava graças a Deus por isso, pois mostrava que ela não era uma mulher quebrada e sem paixão.

Gabe mostrou a ela exatamente o que doses cavalares de paixão poderiam fazer no coração de uma mulher.

O fim de semana foi idílico, se pudesse ser descrito em apenas uma palavra. Kate conheceu cada vez mais de Gabe, suas manias, a história de sua família, sua carreira. Enquanto ela permitia que ele tivesse acesso a algumas informações de sua própria história. Em algum lugar da sua mente, ela ainda tinha medo de que, quando ele percebesse que ela não era tão experiente quanto aparentava, ele se afastaria. Porque de uma coisa tinha certeza. Gabe Szaloki era formado com o que havia de melhor no mundo. Suas convicções, seus ideais, mesmos suas histórias, faziam dele o que ele era hoje.

^*^

A semana passou rapidamente. Cheia de trabalho, papeladas para serem resolvidas, audiências e a correria do escritório. E nesse meio tempo, a atenção delicada que Gabe dedicava a ela. Por meio de ligações, e-mails, ou mensagens singelas no celular, ele deixava bem claro que ela não saía da cabeça dele e que ele a queria em seus braços o mais rápido possível. Porém, como a agenda dele também não permitia, os dois se viram limitados a conversas tarde da noite, quando cada um já estava em sua casa.

Kate estava preocupada com as atenções ardilosas que Peter manifestava com ela. As fofocas maldosas que ele plantava em meio ao escritório estavam deixando Kate nervosa e irritada. Pelo visto, Peter era o tipo de homem que jogava baixo. Mimado ao extremo, quando se via sem o brinquedo almejado, ele o tentava destruir para que ninguém tivesse o que não poderia ter. O sucesso dela no escritório foi algo que agravou ainda mais a insatisfação de Peter em tê-la por perto, ele já estava ultrapassando o limite do razoável, ao coagi-la daquela maneira.

A situação estava tão preocupante que Kate pensava seriamente em se desligar do escritório, e, se não houvesse uma resolução rápida, ela teria que tomar alguma providência.

Na noite de sexta-feira, quando estava se encaminhando ao seu carro na garagem do escritório, Peter a esperava recostado na porta.

— Ora, ora... Vejo que anda com olheiras, Kate. O que houve? Não consegue trabalhar e transar ao mesmo tempo? Gabe está sugando você dessa forma? — ele disse ácido.

Kate segurou a vontade de estapear aquele rosto bem barbeado. Peter era tão bonito por fora quanto era horrível por dentro. O típico macho que vestia a pele de cordeiro por cima de uma de lobo voraz.

— Peter, dá um tempo, por favor — ela pediu educadamente.

— O que foi? Perdeu seu poder infalível de argumentação? — Ele continuava a espezinhando. — Ora, foi requisitada ao escritório como uma grande argumentadora oral e na verdade seu trabalho oral é dedicado a outra área.

Ela deu-lhe um tapa no rosto. O som reverberou pela garagem deserta.

— Eu nunca lhe dei permissão para falar comigo dessa forma. Você está sendo desrespeitoso, imoral e completamente sem noção — ela disse cuspindo as palavras.

Peter a olhava com ódio.

— Vou deixar claro ao meu pai que você se deita com os advogados adversários, sua vagabunda. Aliás, vou contar pra todo mundo que vocês estão juntos e armaram com aquele processo. Você passou informações sigilosas da ação para o Szaloki. Quanto você ganhou por fora, Kate? Ou foi só uma caída na cama dele que você ganhou? Ou foi ao contrário? Ele deixou você ter um resultado inicial favorável para tê-la na cama dele? Vou fazer com que seja afastada do caso imediatamente. Nós vamos te mandar embora por justa causa na hora que descobrirem a armação de vocês, seu nome vai para lama! — Peter disse e a puxou para si.

Kate se sentiu alarmada com essa falsa acusação. Isso era um absurdo porque ela não conversava sobre trabalho com Gabe, assim como ele. Essa acusação era completamente infundada, ela trabalhou duro para se manter no nível do Dr. Foster e acompanhá-lo em todas as fases do processo.

— Peter, você está louco! Esse caso é do seu pai, eu sou uma auxiliar e tive que fazer a audiência porque ele adoeceu, esqueceu? — Kate lutou contra ele e percebeu que, quanto mais se esforçava para se ver livre do agarro, mais excitado ele ficava.

— Peter, me largue! — ela pediu, ainda que estivesse com medo. — Vou processá-lo por assédio dessa forma!

— E você acha que eles acreditariam em quem, sua tonta? Em mim, filho de um dos sócios, respeitado e conceituado advogado? Ou em uma advogadazinha júnior recém-formada, que se deita com outros advogados para se promover e garantir o sucesso dos casos? — ele disse com ódio.

— Você sabe que isso é mentira! — ela gritou.

— Mentira ou não, você está se deitando com o grande Gabe Szaloki — ele falou com sarcasmo. — Como vai provar que você ou ele não se beneficiou disso no caso que participam? Sua carreira mal começou, mas eu vou me certificar de acabar com ela!

— Nós estamos juntos sim, mas não dessa forma suja como você está insinuando, Peter — ela falou. — Solta meu braço, você está me machucando! — ela disse. O aperto em seus braços estava doloroso.

— Sabe? Eu deveria mostrar a você o que um verdadeiro homem é capaz. Ou pelo menos deixar a mercadoria estragada para Szaloki. Se existe uma coisa que ele não suporta é o lixo usado e o que mais me daria prazer é ver você ser desprezada por ele. Aí, sim, essa sua pompa e arrogância iriam por água abaixo.

Peter a puxou para os braços e a beijou à força. As mãos apertavam dolorosamente seu traseiro e com as mãos presas entre os corpos dos dois, ela não conseguia se soltar. Tentou afastar o rosto e Peter a mordeu nos lábios. De maneira completamente frenética, Kate conseguiu erguer o joelho e, ao sentir a possibilidade de um golpe em suas partes baixas, ele a largou. Peter ainda lambeu o sangue dela que escorria de sua boca por causa da mordida e a soltou.

Kate quase caiu sentada ao chão. Estava chocada, com raiva, com medo. A revolta remoía seu corpo. Ele não podia fazer isso com ela, aquela acusação era uma mentira! Ela se dedicou tanto ao trabalho, estudando, pesquisando, analisando o caso para o Dr. Foster. Foi um imprevisto que fizera com que ela tivesse que realizar a audiência.

Nesse instante, ela se lembrou das palavras de Gabe naquele dia.

"Kate, como minha mulher, é antiético estarmos juntos em lados opostos de um mesmo caso."

Meu Deus, quando ele disse isso, apenas pensou que estava sendo um machista arrogante e prepotente. Será que ele tinha razão? Será que eles tinham razão e ela tinha sido ingênua, agindo de forma equivocada? Pensou Kate, sentindo lágrimas em seus olhos, mas se recusando a deixá-las cair. Enquanto ela saía correndo em disparada para seu carro, ouvindo a risada de Peter ao fundo, pensava no que devia fazer, sentindo-se perdida. Se Peter soltasse essas ideias por aí, sua carreira estaria acabada e a de Gabe envolvida num escândalo de altas proporções.

Quando chegou em casa, Kate podia sentir seu corpo todo trêmulo. Era bem provável que ela estivesse em choque. Abriu a porta do apartamento e tentou o melhor que pôde passar despercebida de Fay. Quando estava entrando em seu quarto, Fay saiu do dela para vê-la. E qual não foi o choque no rosto de sua amiga, quando a viu.

— Porra, Kate! Por que está chorando? O que aconteceu? —

ela perguntou e já correu para acudir Kate que agora era sacudida por espasmos bruscos de tremores. — Meu Deus, seu lábio está inchado e sangrando. Que merda aconteceu?

Chorando, Kate relatou o incidente para Fay. Quando ela terminou o relato, Fay estava explodindo de ódio.

— Você tem que fazer alguma coisa! Denunciar este crápula, ir à delegacia, aos jornais, ao pai dele! — ela gritava furiosa.

Kate apenas sacudia a cabeça.

— Não vai adiantar de nada, Fay. Será realmente a palavra dele contra a minha. Infelizmente é assim que vai acabar acontecendo. Foi uma ameaça bem real — ela disse e enxugou as lágrimas. Podia sentir seu rosto inchado de tanto chorar.

— Kate, isso não pode passar assim batido. Eu vou descer a porrada nele! Posso chamar o James para fazer isso comigo. A gente pega aquele filhinho de papai nessa garagem do escritório, encurrala aquele filho da mãe e desce o cacete nele para ele aprender a ser homem. Que história é essa de te acossar desse jeito no escritório? Essa ameaça de que você roubou informações do caso é totalmente esdrúxula! Mas o simples fato de ele ter tocado um dedo em você já justifica a surra que ele vai levar. Minhas aulas de boxe, karatê e jiu-jitsu brasileiro vão servir para alguma coisa. Vai ser um verdadeiro UFC — ela falou, andando e conversando consigo mesma, menos furiosa e já satisfeita com essa ideia. — De certa forma, vai ser ótimo — soltou um sorrisinho. — Vou poder experimentar alguns golpes sem dó ou piedade.

— Fay, não! — Kate, alarmada, tentou chamar a amiga à realidade.

— O quê? — ela perguntou e voltou para o lado de Kate.

— Somar um processo de agressão a isso tudo é demais para mim. Obrigada, mas ainda vou pensar no que fazer.

— Você vai falar para o seu Gabe, não vai? — ela perguntou sondando.

— Não! — disse veemente. — Não quero que isso se espalhe de maneira alguma. Tudo aconteceu por minha culpa e vou resolver isso sozinha, não quero envolvê-lo numa briga ou pior, num escândalo por minha causa. Além disso, não aconteceu nada mais grave.

— Que raio de culpa, Kate! E poderia ter acontecido. E você sabe disso. Esse cara poderia ter feito uma coisa pior, ele está descontrolado — Fay falou e colocou um pouco mais de gelo no lábio inchado de Kate. — Você sabe disso, não sabe?

— Eu sei, mas não aconteceu. Prefiro que você não faça nada, Fay. Quero esquecer isso por um momento. Na segunda-feira, vou pensar no que fazer.

Capítulo Dezesseis

O sábado passou sem incidentes e, pela manhã, com o lábio já nem tão inchado, Kate arquitetou o que falar a Gabe para evitar um confronto, ou a pergunta que se daria.

Quando ele chegou ao seu apartamento repentinamente, Kate não encontrou saída. Assim que ele pousou os olhos nela, ele levantou seu rosto para beijá-la e viu o ferimento.

— O que houve, Édes? Onde você machucou a sua boca? — perguntou e deu-lhe um beijo suave.

— Eu... estava arrumando a casa e acabei batendo uma caixa de madeira no rosto. Mordi a boca — ela respondeu, mas escondeu os olhos de Gabe.

— Isso não se parece com um incidente leve, querida. Seus braços também estão arroxeados — ele falou e a analisou. Kate podia sentir pela postura que ele assumiu, que ali estava o implacável advogado, que observava tudo.

— É sério, não é nada — Kate falou e sorriu. — Está tão horrível assim?

Diante da negativa, Kate se sentiu mal pela mentira e mais tranquila porque seu aspecto não estaria tão aterrador.

— Vou sequestrá-la hoje, Fay. Você pode ficar com o apartamento todo para você — Gabe disse e deu uma piscada irreverente para sua amiga.

— Uau. Quando você quiser me sequestrar também, estou disponível às segundas e quintas, tá?! — Fay disse e olhou para Kate. — Claro, desde que Kate aceite partilhar o produto.

Os dois riram e Kate sentiu-se tola ao sentir um ciúme leve e intrusivo em seu interior. Ela sabia que sua amiga estava apenas brincando, mas mesmo assim, a imagem de Gabe com outra pessoa não fora nem um pouco agradável.

Eles foram para o apartamento de Gabe e, dessa vez, Kate estava preparada para passar o final de semana confinada com ele. Embora o almoço de Páscoa, aquele com as tradições que ele tanto exaltava, fosse no dia seguinte, provavelmente tomaria o dia inteiro. Logo, eles só tinham o sábado para aproveitarem juntos.

Entre momentos de descontração, lençóis emaranhados, banhos de banheira cheios de espuma e risadas, Kate ainda sentia preocupação e dúvidas, em seu coração, sobre o que fazer no trabalho. Ela sabia que agora era inconcebível continuar no escritório Magnum & Foster. Mas precisava fazer alguma coisa quanto à ameaça de Peter. Se ele resolvesse abrir a boca e espalhar mentiras sobre o último caso deles no Tribunal, eles estariam em maus lençóis. A decisão que deveria tomar estava martelando em sua cabeça, e mesmo que Gabe a distraísse, em muitos momentos, ela se via pensando na segunda-feira vindoura.

— O que você tem, Szív? — Gabe perguntou e passou a mão pelas curvas do seu corpo. Os dois estavam deitados na enorme cama de Gabe.

— Apenas preocupações de trabalho, Gabe. Nada importante — ela disse e beijou-lhe o ombro, virando-se para olhá-lo.

— Oh, céus. Estou saindo com uma advogada inteligente à beça, um gênio e um prodígio jurídico, que mesmo depois de tomar um banho relaxante ainda pensa em trabalho — ele disse, fingindo se sentir insultado e girando para se colocar em cima dela, começando a descer, salpicando beijos em seu corpo.

— Seu bobo. — Kate deu-lhe um tapa de leve no ombro, rindo.

— Bom, já que a banheira não deu muito resultado, vou ter que fazer você perder a cabeça com sexo selvagem — ele falou rindo, entre os beijos soltos em seu pescoço, no vale entre os seios, na barriga. Ao final, colocando-se de joelhos na beirada da cama, puxou-a pelo pé.

— Gabe! — exclamou Kate enquanto escorregava pela cama, às gargalhadas. Embora as sensações que ela sentia em seu corpo estivessem longe de serem cômicas.

— O quê? — ele perguntou, em tom inocente, abaixando-se para beijar-lhe a panturrilha e, logo, erguer sua perna olhando-a em tom avaliativo. — Já te falei que adoro suas pernas?

— Já — ela respondeu sorrindo, sentido a excitação voltar a correr em espirais por seu corpo.

— E já disse que... — sussurrou enquanto beijava a parte de trás de seu joelho — prefiro você de tailleur ao invés de terno? — disse enquanto beijava suas coxas nuas.

— Uhum... — Kate respondeu suspirando. — Por causa do... hmm... — gemeu Kate ao sentir o beijo de Gabe numa parte mais delicada do corpo — do... — ela tentou novamente, já perdendo o fio da meada.

— Do quê, Kate? — disse Gabe sorrindo, levantando a cabeça e olhando-a nos olhos.

— Hã? — respondeu ela levemente irritada por ele ter parado e logo lembrando-se do que ia dizer. — Por causa da saia!

— Isso mesmo — ele disse roucamente, voltando a beijá-la naquele lugar especial.

— Facilita as coisas — eles disseram ao mesmo tempo, Gabe num sussurro rouco e Kate numa voz chorosa.

— Oh, Meu Deus... — deliciou-se Kate sentindo naquele momento a esfera do piercing em contato direto com sua parte mais íntima de mulher.

Ela não sabia que aquilo fazia com que o sexo oral ficasse mais estimulante, aumentando sua excitação sexual. A joia era suave, roçando levemente em sua pele e pressionando nos lugares certos. Era uma delícia o arrepio que dava quando o metal geladinho encostava-se a ela. Embora ele estivesse totalmente superaquecido agora, já que Kate sentia seu corpo pegando fogo. Em plena combustão instantânea.

Gabe sorriu ao ouvir o seu audível gemido. Ele ia devagar e com cuidado, saboreando a carne quente e macia de Kate. Tinham todo o tempo do mundo. Colocando as duas mãos no traseiro de Kate, ajeitou-a levantando-a, garantindo um maior acesso a área explorada por seus lábios e língua sensuais.

— Oh... Isso é tão gostoso... — murmurou Kate, não demorando muito tempo para começar a sentir os espasmos do prazer que viria a seguir. Já estava se contorcendo e o agarrando pelos cabelos, querendo pedir-lhe pressa, mas sem conseguir transpor o pensamento em palavras, visto a sucessão de sensações que permeavam seu corpo naquele momento.

— Você tem um gosto tão bom, Édes — sussurrou Gabe, acelerando suas investidas e colocando mais ímpeto e força em suas lambidas, parando para sugar cantinhos especiais, não deixando de segurar fortemente o quadril de Kate, que já se mexia sem controle. — Melhor do que eu imaginava enquanto a via desfilar pelo tribunal.

Kate sentiu o alívio chegar em espirais de prazer, proporcionando-lhe deliciosos espasmos pelo corpo, deixando um pequeno sorriso em seu rosto e uma vontade insana por mais. Ela agora era oficialmente uma mulher assanhada, Kate pensou.

Gabe se divertiu percorrendo o corpo dela com beijos e suaves lambidas, de baixo para cima, demorando-se um pouco mais em seus seios, até chegar novamente em sua boca. Kate beijava e mordia levemente cada parte do corpo dele que conseguia alcançar, ansiosa por mais.

— Você é — disse Kate, entre mordidas — incrivelmente fantástico.

— Mantenha isso sempre em mente — riu Gabe, procurando o preservativo na cabeceira da cama e o colocando antes de suas primeiras investidas.

— Gabe! — exclamou Kate num ofego extasiante, sentindo suas arremetidas levando-os à loucura.

Passada a tormenta sensual em que os dois foram pegos, Gabe rolou na cama levando Kate junto consigo. Ela agarrada a ele como uma delicada e suave manta. Gabe nunca gostara de prolongar o momento pós-orgasmo. Exatamente para evitar dar ideias às mulheres com quem ele se relacionava. Mas com Kate, ele simplesmente achava que não poderia ter o suficiente. Ele queria mais. Ele queria tudo.

— Você me mostrou que Mike estava errado, Gabe — ela disse suspirando, enquanto ele sentia o sorriso em seu peito. Gabe não gostou de ver o nome de outro homem sair da boca de Kate. A possessividade evidente em seu corpo agora tenso.

— Não gosto de saber que acabei de ver estrelas e fogos de artifício e você pensou em outro cara — ele disse mal disfarçando sua irritação.

Kate riu e se virou para olhar seu rosto.

— Ele dizia que eu era frígida, Gabe. Eu nunca antes gostei de fazer... — Kate estava indecisa com a palavra. Se ela dissesse sexo, pareceria muito frugal. Se ela dissesse amor, parecia muito profundo — sexo... eu nunca gostei. Até você me mostrar que ele estava errado.

Gabe exalou o ar em seus pulmões e encarou Kate de maneira intensa.

— Me sinto um Neandertal ao dizer isso, mas muito me alegra que este lado selvagem seu só eu tive — ele disse e a puxou para cima para lhe dar um beijo ardente. — E terei por um longo, longo tempo.

Kate riu, mas o som se perdeu nas lembranças de mais um momento nos braços do insaciável Gabe.

^*^

O domingo amanheceu glorioso. Frio para os padrões de Boston, mas com um sol belíssimo e incomum, tentando aquecer a cidade com as novas temperaturas que seriam trazidas pela primavera. Kate se arrumou nervosamente, pensando na seriedade do compromisso em conhecer a família de Gabe. Não que ela fosse observar com outras intenções, mas conhecer a família do cara que você está saindo é um passo sério, não é?!

Kate arrumou o cabelo de modo que ficasse solto e com um visual mais descontraído. Na verdade, quando ela usava o cabelo solto, aparentava ser bem mais jovem e a aura de seriedade ficava camuflada.

Gabe a abraçou longamente quando ela saiu do quarto. Aspirou seu perfume suave e, com um braço em seus ombros, pegou uma mochila ao lado da porta e saiu.

Os dois entabularam um papo descontraído no carro. Kate estava nervosa e Gabe pôde sentir. Ele podia sentir que algo não estava normal. Era algo além de nervoso feminino. Algo estava atormentando a mente de Kate e ela não se abria. Gabe não queria forçar nada e obrigá-la a confessar, ou ainda, usar de seus artifícios e arrancar a informação dela. Ele queria que Kate confiasse nele para contar.

Gabe estava se sentindo completamente fora de seu elemento natural com Kate. Ele sempre fora acostumado a lidar com as mulheres. Sabia conduzir tão bem quanto um maestro e sua orquestra. Ele sempre fora dado a apreciar a companhia e a beleza de cada uma com a qual mantivera um relacionamento. Se bem que essa palavra era forte para descrever a situação. Gabe não mantinha relacionamentos atados ou longos com as mulheres com que saía. E sempre ficava muito claro que ele não seria amarrado.

Mas com Kate era diferente. Ela era pragmática, inteligente, esperta e com um humor completamente fascinante. Tirando aquele assunto que a incomodava, percebeu, ao longo da íntima semana que passaram juntos, que ela estava mais aberta e aproveitando o tempo tão intensamente quanto ele.

Gabe a achava fascinante. Não somente no sentido físico. Embora Gabe já houvesse saído com várias modelos lindíssimas da atualidade, nenhuma tinha uma beleza tão gloriosa quanto Kate Campbell. E talvez, exatamente por ela não se dar conta disso, ele a achava mais desejável ainda. Porém, Kate tinha uma personalidade tão marcante que o atraía como um ímã poderoso. E Gabe soubera desde o início que era inevitável persegui-la para que fosse sua.

Ele se sentia possessivo com Kate. Coisa que nunca ocorrera antes. Nunca levara nenhuma mulher a uma regada, a tradição da Páscoa em sua família, de sua terra tão distante. E nunca quisera estar tão em família quanto agora.

— Está preparada para o que der e vier, Édes? — ele perguntou segurando a mão dela, beijando os dedos um por um.

— Depende. Devo ter medo? — ela perguntou apreensiva.

— Em momento algum. Estarei ao seu lado para protegê-la. E, se meus tios quiserem beijar a sua boca, eu não deixarei — ele disse e piscou.

— O quê? Existe uma tradição assim? — ela perguntou assustada e colocou a mão no lábio ferido.

— Apenas um selinho. A língua fica somente para o dono da mulher. No seu caso, eu — ele disse e riu.

Quando Gabe estacionou o carro na calçada da casa enorme e linda, Kate estava com o coração nas mãos. Embora tentasse se acalmar, ela estava preocupada que a família de Gabe não gostasse dela.

O celular de Gabe tocou e ele atendeu falando em húngaro, enquanto a olhava. Segurou sua mão e a guiou até a porta.

Quando tocou a campainha, ele se afastou um pouco para o lado, e Kate sentiu falta do calor de seu corpo para aquecê-la.

A porta se abriu e uma parede de homens muito parecidos com Gabe estava à sua frente. Cada um deles com um balde metálico nas mãos.

Antes que Kate pudesse dizer qualquer coisa, eles jogaram a água dos baldes em cima dela.

Capítulo Dezessete

Kate podia ouvir as palavras ditas em um idioma estranho. Eram efusivas e cheias de significados. Porém, molhada da cabeça aos pés, sentindo-se um pinto molhado, ela não tentava articular o que poderia estar sendo dito, ou o que a entonação pudesse significar.

Ela afastou o cabelo dos olhos, secou os olhos encharcados e olhou para Gabe que segurava o riso.

— Essa é a tradição da qual você falou? — ela perguntou chocada e tremendo de frio, embora um riso se insinuasse em seus lábios arroxeados.

Tirando magicamente um pequeno frasco de perfume do bolso, ele borrifou um jato no seu pescoço e disse em seu idioma:

Zöld erdőben jártam,

Kék ibolyát láttam.

El akart hervadni,

Meg szabad-e locsolni?

Ao ouvir a algazarra que os homens faziam na porta de entrada, a mãe de Gabe veio sorrindo e correndo em sua direção, dando-lhe um abraço apertado, sem se incomodar com Kate completamente molhada, dizendo:

— Boldog Húsvét, querida! Feliz Páscoa! — Soltando-lhe e terminando de cumprimentá-la beijando seu rosto.

— Oh.. Ah... — disse uma Kate catatônica.

Ao ver a reação de Kate, a mãe de Gabe se alarmou.

— Meu Deus, Gabe! Você não disse a ela, disse?! Seu bastardo sem vergonha — falou sua mãe, dando-lhe tapas no ombro. — Gabe! Ela nem está com roupa impermeável! Como você pode fazer isso com a coitadinha! Olha o frio! — Sua mãe esfregava vigorosamente o braço de Kate para esquentá-la enquanto colocava todos, que falavam ao mesmo tempo, para dentro da casa aquecida, ainda soltando tapinhas nas costas de seu filho brincalhão.

— Ai, mãe! — disse Gabe tentando se defender com as mãos. — Quando a gente acordou, eu disse para ela colocar roupa de frio, mas ela não quis, disse que o sol estava esquentando a temperatura — Gabe citou as palavras de Kate se defendendo.

Kate ficou envergonhada pela escolha das palavras dele, que traduziram a intimidade que já tinham, logo na primeira visita de Kate à sua família. Ela não estava acreditando que tudo isso estava acontecendo. Mas ela não conseguia expressar a raiva nem a vergonha que sentia, já que o frio que sentia suplantava todos os outros sentimentos.

A mãe fuzilou-o com o olhar e se virou para Kate, falando carinhosamente: — Minha querida, desculpa o papelão que meus filhos fizeram com você. Venha se esquentar perto da lareira enquanto separo umas roupas quentinhas para você se trocar.

— E-eu tro-ouxe ro-roupas — falou Kate espirrando e batendo o queixo de frio, apontando para a sacola que Gabe carregava.

— Viu, mãe? Eu pedi que ela trouxesse roupas para se trocar — continuando a se defender, mas não aguentando mais prender a risada.

— Gabor Szaloki, você vai pagar por isso! — disse a mãe entre dentes.

— Vai mes-mesmo! — concordou Kate com sua «sogra». A palavra veio à sua mente de maneira repentina, e ao invés de aborrecê-la, ela ficara satisfeita em pensar naquela doce senhora como sua «sogra». Ao menos, enquanto durasse o interlúdio entre ela e Gabe.

— Que escândalo todo é esse que vocês estão fazendo aqui na sala? — perguntou um senhor bem apessoado que tinha acabado de entrar. Era um moreno alto e grisalho, de feições marcantes e vívidos olhos marrons.

— Mamãe acabou de adicionar mais um prato ao nosso almoço. Fígado de Gabe. E pela hora, vai ser mal passado — Andras falou alto para seu pai ouvir em meio à balbúrdia de todo mundo junto explicando o que aconteceu.

— Gabe, seu moleque! — falou seu pai puxando-lhe as orelhas. — Onde está a educação que eu te dei?! Hein?! Como é que você traz essa florzinha aqui pra casa e faz com que seus irmãos a ensopem...

Enquanto Kate via aquela cena de boca aberta, afinal, não era todo dia que via o grande e destemido Gabe Szaloki sendo puxado pelas orelhas como uma criança levada, ia sendo guiada para a sala e obrigada a sentar-se diante das chamas da lareira. Colocaram uma toalha sobre seus ombros e ela viu que Karol e a cunhada de Gabe, a que ele dizia se chamar Grace, estavam da mesma maneira que ela, em piores condições até. Sorridentes até a alma.

— Oi, Kate. Eu tentei salvar você dessa tradição infame, mas não foi possível — Karol disse. — Ainda mais porque você é a primeira regada de Gabe.

— Você sabia que ela vinha, Karol? Era para tê-la avisado

sobre isso — disse sua mãe, lhe dando um tapa delicado na cabeça e olhando com simpatia para Kate. — Espero que não a tenhamos assustado, meu amor.

— Embora Gabe não tivesse me avisado que seria algo assim, ele me preveniu que eu deveria passar por uma tradição de Páscoa. O que ele disse em húngaro, senhora Szaloki? — Kate perguntou curiosa.

— Você pode me chamar de Ezster, querida. E ele disse... — antes que ela completasse, Gabe sentou ao seu lado e disse:

Andei por uma floresta verde,

Vi uma violeta azul.

Ela queria murchar,

Será que posso regar?

Deu um sorriso e colocou a mão na nuca de Kate, fazendo uma suave massagem em seu pescoço.

— Oh... — Kate disse e tentou segurar o gemido de prazer com os dedos mágicos de Gabe em sua nuca. Ela nunca poderia imaginar que aquele seria um lugar tão erótico. Dando uma olhada ao redor, Kate pôde perceber uma casa com um ar alegre e aconchegante. E não deixou de notar os ovos de Páscoa, que mais pareciam ovos de galinha pintados à mão, cada um com uma pintura mais bonita que a outra.

Gabe voltou-lhe a explicar:

— A regada é uma tradição húngara que fazemos questão de manter. Os homens saem com um frasco de perfume na mão e vão regar as mulheres que conhecem, após recitar uma poesia. Pela hora, eu aposto que Zóltan, Andras e meu sobrinho já regaram a mulherada da vizinhança — ele disse sorrindo. — Quando erámos mais jovens as garotas já nos esperavam na porta e as velhinhas do bairro com quitutes para nos dar.

— Isso quando não recebíamos gorjetas! — disse Andras sorrindo.

— O tradicional banho de água é um costume muito antigo do nosso povo, que não se faz mais nos dias de hoje. Exceto aqui, entre a gente — disse Ezster com um sorriso saudoso. — Como nossa família é muito grande e reencontramos pessoas que não vemos há tempos na Páscoa, achamos que seria uma coisa boa manter o costume dos nossos antepassados na ocasião em que todos se reúnem.

— Eu poderia me desculpar agora, Szív, mas não vou — disse Gabe carinhoso. — Essa cena vai ficar para sempre guardada na minha memória, catalogada como "risadas imperdíveis". Vou fazer questão de descrever nos mínimos detalhes para os nossos netinhos, como seu rosto ficou antes, durante e depois da regada.

— Own... — disseram as mulheres. Kate ficou surpresa e deliciada com a declaração que ele acabara de fazer. Ela não sabia se ele havia percebido, mas ele falava deles como um possível e longínquo casal. Com um futuro pela frente.

— Você já conhece Karol e Andras, querida. Essa é Mya, namorada de Andras, e aquele com a cara emburrada ali é Zóltan e o outro, óbvio é meu Apu, Attila. Esta flor regada friorenta aqui é Grace.

— Também fui surpreendida na primeira vez que participei. Assim, sabia da regada do perfume, mas da água... — disse Grace sorrindo.

— Apesar de nos molharmos todas e ficarmos cheirando com milhares de perfumes diferentes — falou Karol — é um belo costume passado de geração a geração. As mulheres são flores que devem ser regadas para permanecerem lindas e perfumadas, amadas e respeitadas.

A conversa durou até a hora em que a mãe de Gabe a mandara subir para se trocar. Quando Gabe ia se levantando para ir junto com a Kate, sua mãe interrompeu.

— Karol, mostre onde fica o quarto para Kate. Gabor, você vai arrumar a mesa do almoço e colocar as comidas que serão servidas nos refratários.

Ao notar Andras levantando para acompanhar o irmão, Ezter disse:

— Sozinho.

Andras soltou um sorriso e voltou a passar o braço sobre os ombros de sua namorada.

Ao arquear das sobrancelhas de Gabe, o irmão respondeu, fazendo mímica com a boca para a mãe não ver: — Tentei.

^*^

Meia hora depois, quando Gabe foi procurar Kate e a encontrou no seu antigo quarto de solteiro, ela tinha acabado de sair do banho.

— Aqui, deixe-me ajudá-la — disse e beijou sua nuca assim que entrou no quarto. Suas mãos em concha abarcaram seus seios e Kate gemeu de prazer, antes de afastá-lo.

— Você me paga pelo frio e pela vergonha que me fez passar na frente da sua família, Gabor! — disse Kate, antes de soltar mais um espirro. — Acho que vou ficar resfriada, ou é alergia ao perfume.

— Gabor é meu nome de batismo e só minha mãe me chama assim, quando fica irritada. Acho que você já percebeu isso — ele disse sorrindo. — E que vergonha? Minha família te adorou. E se ficar resfriada, cuido de você. Não sabia que tinha alergia.

— Só a alguns perfumes... e flores — disse espirrando e voltando a se afastar de um Gabe que já a puxava para seus braços.

— Sziv, deixe-me terminar de vesti-la. Olha como você já está quentinha — ele falou puxando a manga pelo braço dela, ajudando-a a vestir mais um casaco. — Além disso, minha mãe já começou a fazer do meu dia um inferno. Tem noção da pilha de louça que me espera depois do almoço?

Ela riu imaginando a cena. — Não sabia que você era um rapaz prendado.

— Minha mãe fez questão de ensinar as tarefas domésticas para os seus filhos. Desde jovens, lavamos e passamos nossa própria roupa. Ela costuma dizer que esposa não é empregada e sim companheira. Bom, assim também foi como víamos nossos pais, cuidando da casa e de nós enquanto trabalhavam.

Kate sorriu e assentiu, dizendo que sua mãe era uma sábia mulher. Ao vê-la mais disposta, Gabe novamente tornou a mergulhar suas mãos em concha em seus seios, massageando-os com perícia.

— Gabe, sua família está toda aí — ela arfou quando os dedos ficaram mais maliciosos. — Nós não podemos.

— Eu não te falei da outra tradição? — disse e a virou de frente para ele. Ela olhou desconfiada.

— Qual?

— A do beijo de língua, aquele que só eu posso dar — disse e a beijou vorazmente.

— Posso apostar que esse beijo é invenção sua — ela disse com seus lábios colados ao dele.

Ele riu e voltou a beijá-la com mais vigor.

^*^

Após o almoço farto de especiarias típicas da Hungria, Kate se esforçou ao máximo para ajudar Gabe com a limpeza da louça. Era, verdadeiramente, uma montanha de pratos sujos e panelas. Uma deliciosa e adorável confusão. Convenceu a mãe de Gabe que apenas o olharia e, quando todos se afastaram para o quintal, ela pegou um pano de prato sorrateiramente e o ajudou às escondidas.

Gabe deu-lhe um beijo absolutamente sedutor em agradecimento. Kate sentia seu interior derretendo. Estava ficando cada vez mais difícil resistir àquele Gabe. Ela podia sentir suas entranhas se afundando em uma paixão avassaladora. Mais que isso. Podia sentir seu coração completamente entregue ao dele. Ela estava se apaixonando. E se fosse honesta, admitiria que já estava apaixonada irremediavelmente.

— Obrigado, Szív — ele disse quando encerraram o trabalho escravo. — Serei seu eterno devedor.

— Vou cobrar esta promessa, Gabor — ela disse o irritando. Ao ver sua sobrancelha arqueada, Kate riu.

— Me vingarei desta infâmia — ele disse e a levantou em seu ombro a levando para o quintal.

Completamente estarrecida, Kate gritava discretamente, batendo em suas costas para que ele a soltasse. Gabe sequer registrou as tentativas fracas de Kate em tentar se soltar.

Quando ele a depositou no meio do salão adjacente à casa, em meio a uma roda embevecida de espectadores, Kate podia sentir seu rosto pegando fogo.

Uma música melodiosa e que remontava a um tempo distante soava enquanto os irmãos de Gabe estavam dançando e aguardavam em conjunto, todos vestidos iguais em suas calças pantalonas pretas, blusas brancas e coletes pretos. Só agora ela entedia porque Gabe estava vestido daquela maneira tão pouco usual. E só agora ela realmente percebera que ele havia mudado de roupa. A coreografia era arrojada e simétrica, com movimentos fluidos de cada um. As mulheres, lideradas por Karol, estavam alinhadas de braços dados ao lado. Os tios de Gabe também dançavam em uma roda viva de energia pulsante, mas não compunham o grupo central, composto por Gabe, Zóltan, Andras e seus primos. Kate podia observar Gabe a orientando a se encaixar onde as outras mulheres estavam. Mya e Grace não participavam da dança frenética, então Kate se posicionou ao lado delas, para apreciar, maravilhada, aquele tão distinto e estranho cenário musical. Ela olhava embevecida os homens dançarem o ritmo rápido e acelerado, mesclado com os sons de risos e arquejos. Gabe a olhava a todo instante, não perdendo em momento algum o contato visual. E, em seus olhos, ardiam promessas ardentes e quentes. Noites suadas. Fogueiras ciganas e cheias de magia ao luar.

Kate ria maravilhada, deliciando-se com um Gabe completamente diferente do que as outras pessoas conheciam. O Gabe arrasador dos tribunais não era compatível com aquele que dançava tipicamente. Que ria solto e despretensiosamente. Feliz e companheiro. O Gabe amoroso e completamente entregue às tradições familiares. Respeitador e cheio de devoção.

Zóltan se desvencilhou do grupo masculino e puxou Grace para o meio do salão, em meio às palmas e assovios dos parentes. Gabe veio na sequência. Puxou Kate para si e, deliciada, ela se permitiu voar em seus braços. Todos os homens puxaram as mulheres para o centro do salão. Os risos se misturavam, os sons de palmas entoadas transformavam o momento em algo mágico e sublime. Kate se viu de braço em braço, de mão em mão. Em uma roda ligeira, todos os homens dançavam com todas as mulheres. Quando ela já se via sem fôlego, e sentia-se prestes a desabar de cansaço, viu-se presa entre braços que agora poderia reconhecer em qualquer lugar do mundo, a qualquer tempo. Gabe a beijou na testa, abrandando os movimentos da dança, guiando-a para um canto do salão agora abafado. Ele apenas a balançava de um lado ao outro. Girava-a suavemente, e com os lábios ainda grudados à sua fronte, Kate pode ouvir um leve sussurro, quase inaudível:

— Szeretlek te` ged — ele disse.

Quando Kate pensou em perguntar a ele o que ele falara, a música acabou e Ezter chamou a todos para as bebidas.

A mãe de Gabe a puxou para o lado e deu-lhe um abraço caloroso. Kate já descobrira de onde viera o hábito tão natural de Gabe em abraçar e beijar. O toque era algo inerente àquela família tão especial.

— Aqui em minha casa, quando é tempo de dançar, é tempo de dançar — ela disse. — Fico feliz em ver que Gabe a trouxe, querida. Já era tempo de ele arranjar uma mulher apaixonada.

— Ap-ap-aixonada? — ela falou chocada. Seria assim tão transparente?

— Completamente. Em seus olhos posso ver — ela disse e bateu suavemente a mão em suas costas. — Respire, querida. Você não sabia? — ela perguntou colocando um copo de vinho nas mãos de Kate.

— Eu não sei. Está sendo tudo tão rápido. E... eu não conhecia esse lado dele — ela disse enquanto observava a risada de Gabe do outro lado do salão.

— Gabe é meu menino de ouro. Zóltan me deu meu neto. Vai sempre estar com o posto de provedor. Andras é meu caçula. Adorável e ainda cheio de energia inquieta. Mas Gabe... — ela disse e olhou seu filho ao longe. — Gabe é simplesmente maravilhoso. Conquistou o mundo cedo, desbravou a sociedade, fez seu nome no mundo jurídico — ela disse e sua voz estava apaixonada. — Mas aqui dentro... — e ela passou a mão à volta, mostrando o salão, e colocou em seu coração batendo duas vezes em punho — aqui dentro ele é meu menino. Eles são meus meninos. E apenas isso. Puxo a orelha, dou conselhos, coloco para lavar a louça.

Kate deu um sorriso singelo àquela mulher forte e corajosa.

— Você pode estranhar, até. Há famílias desregradas que não convivem entre si e não se relacionam — ela disse e olhou Kate. — Que não dão a mínima se seus filhos estão felizes ou não. Eu dou. Eu ligo para quem meus filhos amam — ela disse e colocou o braço nos ombros de Kate. — E estou muito feliz em ver que meu filho...

A fala não se completou. Atilla puxou Ezter para a cozinha e Gabe a puxou para um abraço.

— Vamos? Quero ainda aproveitar um momento ou dois com você — ele disse e mordeu o lóbulo de sua orelha. — A sós.

^*^

As semanas que se seguiram foram maravilhosas. Gabe e Kate reagendaram seus compromissos para que conseguissem estar juntos todas as noites. Porém, como Fay ficava no apartamento, nada mais lógico para eles que Kate ficasse no dele. Dessa maneira, ela acabava passando a maior parte do tempo lá. Os dois trabalhavam o dia inteiro e recarregavam as energias um nos braços do outro.

Em um daqueles dias, Kate foi buscá-lo no aeroporto, depois do trabalho.

— Oi, amor! — ela disse radiante ao vê-lo chegar, sendo puxada para um abraço apertado. Cada dia ficava mais fácil permitir-se os apelidos carinhosos entre eles.

— Senti sua falta — ele disse, fazendo-a rir.

— Mas você só está há dois dias fora de casa — ela riu, implicando com ele enquanto rumavam para o carro.

— Eu sei, mas foi a primeira noite que passei sem você ao meu lado. É difícil dormir desse jeito — ele falou bagunçando seus cabelos e beijando seu pescoço. — Me senti tão sozinho...

— Sei. E como vão as coisas, deu tudo certo?

— Bem, essa foi a última de uma série de reuniões que estão acontecendo nos últimos meses. Posso dizer que o saldo foi positivo. Agora é esperar a resposta do conselho. Mais algumas semanas.

— Está ansioso pelo resultado? — perguntou Kate, curiosa.

— Não muito. Mas, com isso resolvido, vou poder reorganizar melhor minha vida. Talvez o escritório precise acelerar as obras de construção da nova filial em Washington.

— Hmmmm... — disse Kate pensativa enquanto Gabe a olhava de soslaio e mantinha o sorriso para si mesmo.

Kate ainda estava pensativa sobre o assunto no escritório, apesar de Peter ter sumido numa viagem a trabalho. Gabe imaginava que fosse algum processo que estivesse requerendo sua atenção mais concentrada, embora duvidasse um pouco. Por várias vezes, ele a via com o olhar perdido, imersa em pensamentos que não queria compartilhar. Já era hora de conversarem sobre o relacionamento deles para programarem melhor as coisas, mas primeiro, a argola de ouro, juntamente com a belíssima aliança de diamantes que mandara fazer para Kate, tinha que ficar pronta.

Conforme o mês avançava, Kate percebeu que seria inviável continuar sustentando essa situação no trabalho. Entrou no escritório do Dr. Magnum naquela tarde resoluta.

— Dr. Magnum, eu realmente agradeço a oportunidade que me foi dada, mas preciso sair do escritório — ela disse.

O Dr. Magnum a olhou assombrado.

— Kate, como assim? O que aconteceu? — ele perguntou.

— Nada. Realmente, por problemas pessoais, eu preciso sair — ela disse com a voz embargada.

— Você recebeu alguma outra proposta, é isso? De algum outro escritório? — ele sondou. — Szaloki está te assediando para você sair daqui?

Em pânico pela sugestão do chefe, Kate respondeu um Dr. Magnum aparentemente irritado.

— Claro que não, Dr. Magnum. Meu relacionamento com o Dr. Gabe Szaloki não tem nada a ver com este escritório. A decisão é minha.

— Mas embasada em quê? — ele questionou. — Kate, você não pode simplesmente desistir assim.

— Dr. Magnum. Não há a menor possibilidade de eu voltar atrás em minha decisão. São problemas pessoais de cunho íntimo e que não posso expor. Mas posso reassegurá-lo que a oportunidade que me foi dada foi o auge na minha carreira. Nunca será esquecida — ela disse engolindo o choro.

Ficou acordado que Kate cumpriria o aviso prévio, apenas simbolicamente, e iria embora dali. Kate pediu que o Dr. Magnum não avisasse a ninguém do escritório.

Na semana seguinte, ao voltar para o trabalho, já no final do expediente, Peter procurou Kate, furioso.

— Você está pensando que é só pedir demissão e pronto? Resolveram-se seus problemas? — ele disse baixinho e com os dentes entrecerrados, só para Kate ouvir.

— Peter, estou trabalhando, aqui não é hora ou lugar.

— Dane-se o que você acha. Você acha que pedindo sigilo a Joseph ia fazer com que eu não descobrisse isso? Faço parte do conselho desse escritório, boneca! — ele disse no mesmo tom de voz, puxando-a para uma sala vazia e fechando a porta.

Kate, exasperada, disse: — Você já conseguiu o que queria. Eu vou sair daqui, começar de novo em outro lugar, procurar um emprego, sei lá. O que mais você quer de mim?

— Você — Peter falou, colocando suavemente uma mecha de seus cabelos atrás da orelha, antes de ser afastado por ela.

— Você está completamente louco... — ela disse entre assustada e revoltada.

— Quem está fora da realidade aqui é você, boneca. Deixar o trabalho não altera o fato de você nos ter enganado com Gabe no processo da Microvybe.

— Isso é uma mentira! Eu não fiz nada disso!

— Quem sabe? E até você conseguir provar, sua carreira já será um fracasso ambulante.

— Não me importo, eu acho emprego em outro lugar.

— E com a carreira de Szaloki, você também não se importa? Parece que ele em breve estará de mudança para Washington... E ouvi rumores de reuniões dele no conselho da Casa Branca, será ele mais um advogado da equipe presidencial? Esse escândalo entre vocês realmente virá em boa hora — disse Peter em tom de escárnio.

— Você não faria isso... — ela disse, descrente.

— Quer apostar? — ele falou sacando o celular na mão. — Oi, quero uma reunião em meia hora com...

— Espera! O que está fazendo, seu louco? — interrompeu Kate.

Cobrindo o bocal do celular com a mão, ele disse: — Começando a mexer meus pauzinhos. Primeiro, esclareço as coisas aqui no escritório, depois, jornais.

— Pare! Pare agora mesmo. Vamos dar um jeito nisso! — disse Kate desesperada.

— Espere, primeiro preciso resolver algumas coisas, depois volto a ligar — disse ele encerrando a ligação que tinha feito para sua assistente pessoal.

— Assim que eu gosto, Kate. Você tem até o final dessa semana para se desfazer de Szaloki. Ah, e sexta você me acompanhará num jantar de negócios. Passarei em seu apartamento para buscá-la às sete — ele terminou de falar, deu-lhe um selinho nos lábios e saiu da sala, fechando a porta suavemente.

A cabeça de Kate estava a mil. Desesperada, acabou aceitando os termos de Peter. Não tinha mais nada que pudesse fazer no momento. Gabe ainda não tivera resposta de Washington, certamente teria uma em breve, mas agora só restava esperar. A última coisa que ele precisava era de alguém acabando com suas chances de subir o último degrau de sua majestosa carreira, e não seria ela a pessoa responsável a evitar que isso acontecesse.

E talvez fosse mesmo melhor dar um tempo na relação deles. Uma semana ou duas, no máximo. Eles conversariam hoje, ela decidiu. Diria a ele que precisava de mais espaço, que estava levando trabalho para casa e que era necessário uma maior dedicação aos casos do escritório. Isso também serviria para dar tempo a eles para pensar no que fariam a seguir. Afinal, possivelmente, ele estivesse de mudança em breve e ela ainda em estaria Boston.

Com lágrimas escorrendo pelo rosto, Kate foi direto ao apartamento dele para começar a juntar suas coisas. Primeiro, guardou seus pertences deixados no banheiro. Perfumes, maquiagens, creme hidratante. Ficou impressionada com a quantidade de roupas que tirava do armário e colocava na mala.

As coisas foram acontecendo com uma naturalidade tão veloz, que não se dera conta de que praticamente já estava morando com ele.

Ao chegar na sala e deixar a mala pronta no canto ao lado do sofá, foi à cozinha buscar algo para beber e acalmar os nervos quando ouviu a porta se abrir.

— Kate, estou ligando para o seu celular há meia hora e você não atende! Queria te chamar para jantar antes de voltarmos para casa — ele disse e calou-se ao se deparar com uma pálida Kate. — O que houve?

— A gente precisa conversar.

— Sobre o quê? — ele disse seguindo-a para a sala. — Kate, se é sobre a foto que saiu no jornal...

— Que foto?

— A foto sua com o Peter. Não precisa se explicar, eu imagino que ela deva ter sido tirada à época que saíam juntos, o jornal deve ter trocado as datas.

— Você está falando sobre o quê? — perguntou Kate, sem entender o que ele dizia.

— Pelo visto você ainda não a viu. Se não é isso, sobre o que gostaria de conversar? — disse ele sorrindo e caminhando em sua direção para abraçá-la.

— Não! — ela disse quase histérica, afastando-se dele. A situação toda já era difícil, com ele tão perto não conseguiria fazer o que devia.

— O que foi Kate? — ele perguntou sério e taciturno.

— Gabe, a gente precisa dar um tempo.

— O quê?! — Ele olhou surpreso para ela. — Por quê? O que houve?

— Não houve nada — ela disse sem olhá-lo nos olhos, de

maneira rápida e confusa continuou a dizer: — A gente precisa dar um tempo e eu estou com muito trabalho no escritório e eu preciso me dedicar a outras coisas e você está de mudança e...

— Kate, calma. Você está à beira de um ataque de nervos, vamos conversar e resolver o que quer que esteja te preocupando, está bem? — ele disse em tom conciliatório, fazendo-a explodir em lágrimas.

Ao tentar novamente se aproximar dela e ser rejeitado, ele a ouviu murmurar:

— Só quero um tempo, só isso, uma semana ou duas, acho que...

Ele não mais a ouvia falar, pois as coisas começaram a se encaixar em sua cabeça. Voltando-se para onde tinha deixado sua pasta quando chegou, abriu-a para pegar o jornal. Folheou-o até chegar à bendita foto, em que Kate estava aos beijos com Peter na garagem de algum lugar. Numa foto um pouco menor, Gabe pôde reparar num detalhe que só agora lhe chamara a atenção. Seus lábios inchados e machucados pela paixão. Não, o jornal não errara a data. Ele lembrava muito bem de ter visto esses lábios traiçoeiros machucados.

Lançando um duro olhar na direção dela, jogou o jornal em sua direção que caíra no chão, próximo aos seus pés. Ao se agachar para ver qual era o objeto da súbita ira de Gabe, Kate viu a nota do jornal, que a mostrava aos beijos com Peter na garagem do prédio, e sob a foto, a legenda:

Advogada renomada, prodígio na área, é vista aos beijos com proeminente futuro sócio da Magnum & Foster Advogados. Sabe-se que Katerine Campbell passeia rápido pelos advogados do meio. Enquanto era vista com o poderoso Dr. Gabe Szaloki, mantinha ainda seus contatos profissionais focados no Dr. Peter Foster, um dos herdeiros da sociedade jurídica.

— Gabe...

— Como você pôde fazer isso comigo?! — ele esbravejou. — Nós já estávamos juntos, o mínimo que você devia fazer era me respeitar!

— Não é isso o que...

— Ah, não é? — ele a cortou friamente, enlouquecido, passando as mãos pelo cabelo e voltando a soltar sua indignação. — Eu não acredito que me apaixonei por uma mulher sem coração. Você planejou tudo isso desde o início, não é?

Apaixonou? Kate pensou estarrecida.

— "Um tempo porque preciso trabalhar"... E durante todo esse tempo, jogando duplo, comigo e com ele. Eu sabia que você estava me escondendo alguma coisa, mas imaginava que era por ainda não termos conversado abertamente sobre a gente, sobre o nosso futuro — ele bufou, soltando uma risada de escárnio. — Futuro... — balançando negativamente a cabeça.

Ela estava sem reação, não sabia o que fazer, mas a cada minuto que passava, seu coração ia sendo tomado pela agonia.

Ele parou de caminhar pela sala, como uma fera enjaulada e a olhou. Aproximou-se dela e olhou diretamente em seus olhos, proferindo as seguintes palavras, com intenção de ferir:

— Deve me achar um idiota, não é? O que te fez mudar de ideia agora? — Ele a encostou na parede, prendendo suas mãos com as dele. — O que ele ofereceu para você? Dinheiro? Sociedade? Mais sexo?

Ela começou a chorar e virou o rosto, evitando olhar para a raiva em seus olhos. — Para, Gabe.

Implacável, ele continuou torturando-a. — Transavam durante a hora do almoço? Ou do expediente? Na sua sala ou na dele?

— Para, Gabe, me solta! — respondeu Kate, também gritando, não aguentando mais a situação. — Não diga coisas que você poderá se arrepender depois...

Ele a soltou e nesse momento reparou na mala feita, próxima ao sofá.

— Então você já tinha visto a matéria no jornal e já tinha se arrumado para sair — ele pareceu momentaneamente desolado. Porém, Kate podia sentir a frieza em seu olhar.

— Gabe, não é nada disso que você está pensando.

— E o que é então, Kate? — E nesse momento ela pôde ter um vislumbre da mágoa que ele tinha nos olhos.

Ela simplesmente não podia contar a verdade. Um escândalo nessa altura do campeonato arruinaria a carreira dele. Além disso, se Peter mandara veicular aquela foto, no jornal hoje, o que mais ele conseguiria fazer em pouco tempo, com os contatos que tinha?

— Saia da minha casa, Kate — ele murmurou sem forças, sentando no sofá.

— Gabe, eu... eu...

Ele levantou para pegar a mala dela e jogar no corredor, dizendo com raiva. — Apenas saia.

^*^

Estava há dias sem dormir e sem notícias de Gabe. Dane-se tudo e todos, ela ia esclarecer aquela situação, custe o que custasse. Sentia como se seu coração tivesse sido arrancado do peito e não poderia mais viver na escuridão que virara sua vida sem ele. Kate ligou para seu celular e a chamada caiu diretamente na caixa de mensagens. Enviou um e-mail e não recebeu resposta. Kate esperava esse comportamento frio de Gabe, mas só queria uma chance para explicar as coisas, não seria tão difícil assim.

Ligou em seu escritório e a secretária alegou que ele estava em reuniões com clientes o dia inteiro.

Mas, quando um advogado da firma chegou logo depois, ela soube que estava em um almoço com Gabe Szaloki e companhia. Gabe estava com uma mulher belíssima. Morena, linda e que esteve com ele no coquetel do Dr. Alexander meses atrás.

Kate sentiu o estômago se retorcer. Era desse jeito que ele disse ter se apaixonado por ela? Substituindo-a, em poucos dias, por uma qualquer? Pensou Kate. Ele estava magoado, com razão, mas eles precisavam resolver as coisas. Ou ao menos era essa a intenção de Kate.

Ela poderia deixar aquilo passar. Naquele momento, enquanto reunia seus pertences em uma sacola, Peter sentou-se em sua mesa da maneira que fazia quando ainda eram amigos.

— Você foi rápida, hein? Ou a descartada foi você? — ele perguntou zombeteiramente, abrindo o jornal e lendo: "A modelo da marca Carolina Herrera, Melissa Hastridge, foi vista acompanhada do renomado advogado Gabe Szaloki, em um poderoso evento da cidade na noite de ontem. Era notório o clima de romance entre o casal".

Kate sentiu a náusea subir em sua garganta. Lágrimas de ódio mescladas com tristeza vieram aos seus olhos, mas ela não daria este gostinho a Peter Foster.

— Você conseguiu, Peter. Conseguiu me destruir dentro da firma, conseguiu me destruiu como pessoa. Está satisfeito? — ela disse bem baixo.

— Muito — ele disse antes de sair: — Ah, o jantar é hoje. Na verdade, virou uma festa, todos os sócios da firma estarão presentes, incluindo meu pai e Joseph. Nem pense em faltar. Passo para te pegar em seu apartamento.

^*^

A noite chegou e Kate foi ao encontro de negócios sozinha. Resolveu sair antes de Peter aparecer para buscá-la. Ela tentava, o máximo possível, não ficar a sós com ele. E evitar um momento desconfortável no carro era vital para sua sanidade. O coquetel era em comemoração à nomeação de um novo juiz pelo Governador da cidade. Lá, viu os rostos familiares de algumas pessoas do escritório e ao longe via o Dr. Magnum. Só não contava em esbarrar com Gabe nesse preciso instante.

Ele estava sorrindo para a morena deslumbrante que tinha nos braços, a mesma que esteve no coquetel em sua companhia. Kate respirou fundo, muniu-se de coragem e foi até ele. Era agora ou nunca.

— Gabe.

— Dra. Campbell, como vai? — ele a saudou de forma superficial enquanto a morena se apertava mais entre seus braços.

— Preciso falar com você, Gabe. Em particular — ela falou, lançando olhares nervosos para a morena e para os curiosos ao redor.

— Hummm... Szaloki, duas de uma vez só é demais, hein? — brincou um engravatado que ouvia a conversa, fazendo as pessoas mais próximas a eles rirem.

— Gabe, por favor — Kate implorou. Enquanto isso, ela varria o ambiente tentando evitar que Peter a visse.

As pessoas se voltaram para eles, olhando de forma curiosa. Ele pediu licença ao grupo e à morena, selando seus lábios com um beijo e prometendo voltar logo. A seguir, pegou sutilmente Kate pelo cotovelo e caminhou com ela para os jardins. Pegou duas taças com o garçom que passava e ofereceu uma a Kate.

— Eu sei que você está magoado, mas não precisa me tratar como se não me conhecesse — Kate disse em um tom que revelava toda a sua mágoa.

— Eu realmente conheço você? — Seu tom irônico era ferino.

— Gabe, você não pode simplesmente acreditar que tudo o que vivemos foi uma mentira. Eu me meti em problemas, queria resolver sozinha, mas me enrolei. E não fui madura o suficiente para pedir ajuda...

— Imagino. O que houve agora? Peter cansou de você?

— Nunca tive nada com Peter — ela disse apressadamente. — Quer dizer, saímos algumas vezes antes de ficarmos juntos, Gabe. Imaginei que ele fosse um bom homem para se iniciar um relacionamento, mas estava completamente enganada.

— Kate. Não quero ouvir essa ladainha. E quer saber de uma coisa? Não me importo. É, não me importo. O tempo que passamos juntos foi mais do que o esperado e terminar foi o melhor que você podia ter feito.

— Eu não terminei! Tentei pedir um tempo porque...

— Ah, não interessa. Você já estava me entediando. Seu corpo magro e sem graça, sua voz chata nos meus ouvidos. Confesso sim, fiquei com o orgulho ferido e isso me irritou, já que gostaria de ser "eu" a colocar um fim na transa, mas já que foi você. Ok. — Ele a saudou com a taça, dando um gole em sua bebida. Gabe estava se sentindo um lixo em falar daquela maneira com ela, mas seu coração magoado não pensava direito.

Se Kate pudesse imaginar o som de um coração se quebrando, provavelmente era o que estaria ouvindo naquele exato instante.

— Não está falando isso a sério — ela disse e sentiu os olhos marejados.

— Kate, Kate. Por que achou que ia durar comigo? Colocar Melissa de volta em minha cama foi a melhor coisa que me aconteceu. Você é uma transa de muito baixa qualidade — ele não hesitava em ferir. — Aquele seu ex-namorado... qual era o nome? Mike... isso... ele estava certo sobre você. — Kate não podia acreditar. — Como foi que chamou a atenção de Peter para si? — ele cuspiu, embora nunca admitisse a ela que Melissa não estava frequentando sua cama.

Chocada, Kate jogou o conteúdo de sua taça nele.

— Nunca mais fale comigo desse jeito, seu canalha! — disse Kate com raiva. — Eu pensei, eu pensei...

— Pensou errado. E outra coisa, não quero mais você correndo atrás de mim, ligando, mandando mensagens. Chega, não suporto essas coisas. Além disso, minha garota não gosta. Não é, Zsív?

Kate ouviu Gabe chamando e beijando a morena que surgiu às suas costas, da mesma forma que fazia com ela. Sentindo os olhos cheios de lágrimas, dirigiu-se à saída. Não ficaria ali nem mais um instante, estava transtornada e, quando estava quase chegando ao seu carro, foi puxada pela mão dando de cara com Peter.

— Eu disse que a pegaria em casa e você me deu um bolo, vindo sozinha. Você está brincando com fogo, querida. Acabo com você num instante.

— Acaba?! — ela riu histérica. — Como?! Não sobrou nada de mim para você dar cabo de seus planos egoístas. É melhor você me soltar, se não vou começar a gritar — disse Kate falando em alto e bom som, completamente sem controle, tomada de dor, fúria e revolta.

— Kate, não vou avisar de novo — disse Peter num tom reprovador.

— Então faça, Peter. Faça o que tenha que fazer. Não me importo mais. E juro por Deus que se voltar a encostar um dedo em mim, quem vai fazer um escândalo sou eu! Estou cansada das suas perseguições, de você tentando me chantagear, de falsos boatos, de armações. O que você pensou quando contratou alguém para tirar uma foto nossa? Tem noção que você me machucou naquele dia? Com as fotos posso denunciá-lo à polícia por agressão, pensou nisso?! — ela disse em voz alta e, pela primeira vez, falando com uma surpreendente lucidez das coisas.

Ela percebeu tardiamente que realmente deveria ter tomado uma providência na época, exatamente como Fay a orientara.

Kate, desvencilhando-se de um Peter abobalhado, foi em direção ao seu carro, que estava estacionado ali perto. Mal reparou na mulher que tinha parado e estava perto deles, vendo e escutando todo o ocorrido.

Capítulo Dezoito

Kate chegou aos prantos no apartamento. Em poucos minutos, ele conseguira arrasá-la. Jamais sentira tamanha dor. Kate subiu para casa e se deparou com Fay andando freneticamente ao celular e nervosa. Quando ela viu Kate, ela desligou a ligação e correu para abraçá-la.

— Kate, Kate, estava tentando te ligar, você não atendia. — Abraçando Kate, ela apenas a levou para o sofá. — Só hoje vi sua ligação na caixa postal — disse Fay, que andou sumida do apartamento nos últimos dias. Sequer vinha dormindo em casa. — Conta para mim o que houve! Uma amiga sua do trabalho viu o estado que você deixou o evento dessa noite e ligou aqui para casa, mas você não chegava de jeito nenhum. Eu estava quase ficando louca.

— Fay... Fay... — ela tentou dizer chorando. — Eu pedi um tempo ao Gabe, ele entendeu mal as coisas, associou com a foto no jornal... Você viu?

— Vi a notícia na sua escrivaninha, assim que cheguei em casa. Sabia que isso ia dar merda, eu avisei que você tinha que ter contado para Gabe no dia que o Peter te atacou. Fora o fato de que aquele crápula merecia um processo às suas costas.

— Não devia nada! Ele foi um canalha, me substituiu por outra num piscar de olhos e me tratou como se nem me conhecesse hoje aos olhos de todos. Peter voltou a me infernizar no trabalho... Eu não aguento mais! — Desabou Kate, soluçando abertamente.

— Por Deus, eu falei que a gente devia ter denunciado aquele canalha, Kate. Eu disse, posso matar aquele cara, aviso algum amigo meu, que poderá me defender com alegação de legítima defesa... — ela começou e arrancou um sorriso de Kate.

— O pior de tudo não foi isso, Fay. A forma com que Gabe me tratou... Ele me ofendeu e hoje à noite se recusou a me ouvir. Disse ter simplesmente me usado e que já estava farto de mim. Pediu que eu não o importunasse mais com ligações. É como se ele tivesse me apagado da vida dele — ela disse e chorou baixinho. — Acho que nunca mais vou conseguir ter um coração novamente... nunca pensei que o meu pudesse ser arrancado desta forma...

Fay foi à cozinha pegar um copo de vinho para as duas e perguntou:

— O que você vai fazer? — ela perguntou.

— Eu entrei com o pedido de demissão há um tempo e o aviso prévio já está acabando. Por conta dessa situação de hoje, prefiro pagar multa a continuar naquele escritório. Você acredita que, hoje à noite, Peter ainda tentou continuar me chantageando? Eu quero que ele se exploda.

— Porra, Kate, você devia ter me deixado matar o cara naquele dia, eu seria sutil, juro — ela disse com ódio.

— O que vou fazer, Fay? Protegi meu coração por tanto tempo, para simplesmente vê-lo ser chutado assim dessa forma.

— Você ama o húngaro mega gato, né, amiga? — Fay perguntou retoricamente.

— Amo. Entreguei meu coração numa bandeja. Tentei tanto tempo me proteger e acabei sangrando.

— Kate, o amor é um lance muito doido, mas é eficaz, amiga. Você precisava sair da concha em que entrou por causa daquele imbecil do Mike. Gabe Szaloki trouxe o que há de melhor em você.

Mostrou que você é uma mulher quente, excitante, deliciosa e que é cheia de amor para dar. — Fay a abraçou. — Se eu pegasse mulher, eu te pegava — ela disse e Kate riu.

— Sério. Não é por conta desse imbecil do Gabe que você vai se fechar de novo, não é?

— Não sei. Acho que não sei mais nada da minha vida agora.

— O que você quer fazer?

— Ir embora daqui é uma alternativa? — Kate falou com um sorriso fugaz. — Eu queria sumir. Desaparecer.

— E por que você não faz exatamente isso? — Fay a instigou. — Já que você saiu do escritório, pode sair e arejar. Você nem tirou umas férias, quando terminou a faculdade. Emendou logo no trabalho. Dar um chá de sumiço vai ser ótimo para colocar a cabeça em ordem. Aposto que isso pode dar um tempo para o Gabe pensar e voltar atrás, pedindo-lhe desculpas.

— Fay, ele me tratou muito mal. Está certo que eu poderia evitar a mágoa quando terminamos, mas ele mudou e nem sequer me deu chance de falar. Então, agora quem não quer conversar sou eu.

— Por que não vamos nós duas para o Kansas visitar a Lana? — Fay perguntou.

Kate pensou e concordou.

— Então, que tal agora? — Fay estava realmente louca para sair da cidade, isso Kate pôde perceber.

As duas compraram passagens aéreas naquela mesma noite e, enquanto Kate arrumava sua mala, Fay conversava no celular. Pelo tom da conversa, era uma discussão acirrada. A sempre tão eufórica Fay estava esgotada ao final da ligação. Kate não pressionou porque sabia que uma hora ou outra ela acabaria contando o que estava acontecendo.

Kate já tinha mais ou menos definido o que deveria fazer. Encaminhar seu curriculum para outros escritórios, mas também poderia sempre voltar para Atlanta e trabalhar perto dos pais. Embora essa ideia não fosse nem um pouco atraente, seria a primeira opção para afogar as mágoas e se afastar de Boston, em definitivo.

^*^

Gabe estava nervoso e parecia um leão enjaulado. Andava de um lado ao outro, seus cabelos estavam completamente emaranhados de tanto que passava as mãos pelos fios nervosamente. Sua irmã, Karol, estava em seu apartamento e ele suspeitava que ela estava ali exatamente para sondar o que acontecera, já que a fofoca nos jornais se espalhou como um pavio. Ele estava irritado. Karol apenas o observava e a campainha soou. Gabe já suspeitava de quem fosse.

Quando Andras e Zóltan entraram, ele exalou com irritação.

— Vocês não sabem respeitar a privacidade dos outros, não?

— Não quando somos de uma grande família húngara e quando somos obrigados pela anya a estarmos aqui — disse Zóltan. — Vamos lá, desembuche.

— Não há nada para desembuchar, Istenit! — amaldiçoou.

— Vamos contar para a anya que você está com a boca suja — Karol disse, lixando as unhas displicentemente. — Ela vai lavar sua boca com sabão.

— Szar. Merda — Gabe disse e sentou-se na poltrona com a cabeça entre as mãos. — Essa merda de notícia saiu nos jornais e não consigo entender porque a Kate fez isso comigo.

Zóltan sentou-se ao lado de Gabe.

— Testvér, antes de você começar a sair por aí esfregando uma mulher em seu nariz, você já parou para perguntar a ela o que houve?

— Eu perguntei. No dia em que ela se preparou para me deixar. Ela já tinha a mala pronta. Eu perguntei e ela só me olhou, em silêncio. Há uns dias, ela voltou a me procurar e me recusei a falar com ela. Ontem a encontrei, ela tentou falar comigo, mas eu simplesmente não pude aguentar. Disse coisas que nem sentia, só para fazê-la sofrer como eu sofri.

— Meu Deus, vocês precisavam fazer esse dramalhão todo? — disse Andras impaciente, sendo ignorado.

— Gabe, não sei, mas pelo dia que passamos juntos, ela não pareceu ser esse tipo de mulher, irmão — Karol disse e o olhou. — Honestamente, deve ter acontecido alguma coisa para ela ter se comportado daquele jeito. Você devia ter ouvido ontem o que ela tinha a dizer para você. Existe alguma explicação a ser dada, nós mulheres, sentimos coisas mal esclarecidas no ar.

— Vocês são umas psicóticas, isso sim — falou Andras com um bufo, sendo reprimido pelo olhar de Zóltan, que falou:

— Você se recusar a ouvi-la não vai resolver ou minimizar as coisas. Olha só você. Está num estado lastimável. Isso só vai fazer você sofrer ainda mais, como um cão, irmão. Isso é uma verdade absoluta.

— Ela tentou falar comigo esses dias todos. E eu fiz questão de ser visto com Melissa para que ela soubesse que não me feriu em hipótese alguma — ele disse arrependido.

— Gabe, você a ama? — Andras perguntou solenemente.

— Eu a amo, pura e simplesmente assim — ele disse e suspirou. — Não tenho vida sem ela ao meu lado.

— Então vá lá e converse com ela. A vida é muito simples, a gente que complica as coisas — respondeu o irmão.

Gabe já decidira o que fazer.

Capítulo Dezenove

Quando Gabe parou o carro na frente do prédio de Kate, ele sentiu um aperto em seu estômago e uma pressão em seu peito. Sem que soubesse explicar, sentiu que poderia ser tarde demais para explicações de ambas as partes.

Quando chegou à porta do apartamento dela, surpreendeu-se ao ver o próprio Dr. Magnum, acompanhado de uma mocinha, tocando a campainha à espera.

— Magnum? — ele perguntou desconfiado. — O que faz aqui?

Joseph olhou desconfiado para Gabe. O idoso poderia destroçá-lo só em imaginar que fizera a menina sofrer.

— Eu que te pergunto. Você tem alguma coisa a ver com a decisão de Kate de deixar o escritório, ou a culpa é somente daquele infeliz do Peter? — ele perguntou com raiva.

— Como assim deixar o escritório? — Gabe sentiu o coração dar um tombo. A sensação que o perturbava estava ficando mais intensa.

— Ela pediu demissão um tempo atrás. Alegou problemas pessoais e estava cumprindo aviso prévio quando largou o trabalho e informou à minha assistente que entraria em contato mais tarde para pagar a multa contratual. Só hoje que eu soube dessa baixaria jornalística orquestrada por Peter — ele disse e esbravejou.

Gabe sentia uma sensação ruim agora em seu âmago.

— O que ele fez, Magnum? — Gabe perguntou já temendo a resposta.

— Atacou Kate na garagem. É de lá que saiu aquela foto indecente postada no jornal. Aquele imbecil ainda teve a coragem de chantageá-la, ameaçando soltar boatos pela mídia, dizendo que ela trocou informações sigilosas com você durante o caso da Microvybe. Vê se pode uma coisa, dessas? Ele só estava garantido na firma pela afiliação com meu sócio, pois é um incompetente. Agora, não quero ver nem a sombra dele naquele escritório! — ele disse e suspirou audivelmente. — A menina é minha pupila e não acredito que não vi isso acontecendo debaixo dos meus próprios olhos. Ela me dá o orgulho que uma filha me daria, se eu tivesse a benção de ter tido uma.

— Magnum — Gabe sentia seu mundo desmoronar enquanto sentia uma fúria avassaladora em seu corpo — como assim, ele a atacou?

— Ele a estava assediando no trabalho. Não sei a razão. De acordo com Bridget, a recepcionista geral do escritório, parece que Peter não aceitava bem o relacionamento dela com você — ele disse e olhou a reação de Gabe. — Na semana da Páscoa, ele a atacou no estacionamento subterrâneo e pagou a um fotógrafo para registrar a cena. Ele não imaginava que o fotógrafo fosse irmão de Brigdet e que ela notaria que houve uma armação, quando viu Peter a acossar novamente no trabalho, chantageando-a. Na noite da festa, Brigdet voltou a vê-los e ouvi-los brigando sobre isso no estacionamento — o velho suspirou. — Já estou velho para essas fofocas de escritório mas, onde anda vaidade, haverá rivalidade e maldade. Brigdet tentou ligar para Kate, preocupada com o jeito transtornado com que ela foi embora, mas não conseguiu contato.

— Eu vou acabar com Peter — Gabe disse, olhando Magnum, sem de fato vê-lo. Repassou as cenas em sua cabeça. Kate estranha naquele final de semana que a encontrou com a boca e os braços machucados. Pensativa e preocupada. Peter já a vinha perseguindo, assediando no escritório e ela não fizera nada. Não dissera nada a ele. Não confiara seus problemas a ele.

— Não faça nada condenável. Precisando de ajuda, conte comigo. No que depender de mim, Peter não encontra mais trabalho aqui — Magnum disse com seriedade. — Só quero saber se a menina está bem... definitivamente ela não merecia algo assim.

Gabe o ajudou a sair, já que estava claro que Kate não se encontrava em casa, e nem ao menos sua amiga. Lembrando-se de que Fay era assessora do Alex, promotor amigo seu, poderia conseguir o telefone dela através dele, já que o celular de Kate estava desligado.

Gabe já deixara vários recados na caixa de mensagem, mas não conseguira, ao menos, um sinal de Kate ou de onde ela pudesse estar. Seu coração estava dolorido porque a magoara e a rejeitara, abertamente, nos dias anteriores. As palavras torpes que proferira contra ela voltavam para assombrá-lo. Agora ele temia não conseguir alcançar novamente o coração dela, temia não ter uma chance. Ele sabia o quanto ela era retraída emocionalmente. Fora um milagre conseguir que ela o aceitasse e um presente que ela fosse tão responsiva a seus toques como ela fora.

— Gabe? Que surpresa é essa em ligar para o meu celular a essa hora? Por acaso está querendo me oferecer alguma barganha? Você sabe que isso é proibido, meu amigo — Alexander disse num fôlego só.

— Alexander, como vai? Não é nada disso. Eu preciso de um favor seu — ele suspirou.

— Diga.

— Fay Williams é sua assessora, não é? — ele perguntou.

— Por quê? O que você quer com ela? — Alexander

perguntou e Gabe estranhou o tom áspero em sua voz. Parecia que o tom possessivo e irritado era um sinal, bem claro, de demarcação territorial.

— Eu preciso falar com ela, Alex — ele insistiu.

— Numa hora dessas? Sobre o que, Gabe? É isso o que quero saber. O que você poderia ter para conversar com minha assessora? — A voz era irritada. Definitivamente irritada.

— Ela é amiga da minha namorada, Alex. Não estou conseguindo falar com ela de jeito nenhum. Gostaria de saber se ela tem notícias — Gabe ouviu o suspiro de Alex do outro lado da linha.

— Então, somos dois, Gabe. As duas estão juntas em algum lugar desta cidade e eu malditamente também não sei onde. Fay pegou uma semana de férias do escritório e não retorna minhas ligações — ele disse, em um tom que mostrava a Gabe que ali havia mais coisas do que ele poderia supor.

^*^

— Alô?

— Fay? Sou eu, Gabe. Não, por favor, não desliga — ele pediu desesperado.

— O que você quer, cara? E só atendi essa ligação porque não reconheci o número. Se soubesse que era você, teria-o bloqueado — ela disse revoltada.

— Fay, eu preciso falar com a Kate. Onde ela está?

— Aaaah, agora você está preocupado e com pressa para conversar, é?! — Fay zombou abertamente.

— Fay, estou falando sério. Onde vocês estão?

— Não te interessa, Gabe. Não volte mais a nos procurar — disse se preparando para desligar a ligação.

— Eu a amo, Fay — ele disse num tom que não deixava dúvidas a Fay, a veracidade de suas palavras. Fosse o que fosse que o motivara a ser cruel, deveria haver uma razão. — Quero consertar as coisas com ela e ter uma segunda chance.

Houve um silêncio na linha e logo Fay voltou a falar.

— É sério o que está dizendo? — ela perguntou ainda cética.

— Sim.

— Ela não quer mais ver você e o que estou prestes a fazer pode colocar em xeque minha amizade com ela. Mas vou confiar em você. Preste atenção no que vai fazer. Estamos fora da cidade e voltaremos no final da semana. Não, não. Vocês dois precisam de mais tempo sozinhos, para pensar nas coisas que aconteceram. Não vou deixar você falar com ela agora nem saber onde estamos... O quê? Ah, fala sério, manda o Alex catar coquinho no asfalto. Olha, enquanto a poeira baixa e vocês esfriam a cabeça, você devia...

^*^

Passageiros do voo 3567, desembarque pelo lado direito, portão C.

— Ouça, Kate, é o nosso portão. Vá em frente enquanto eu resolvo o problema das nossas malas. A comissária de bordo veio me falar agora que elas foram extraviadas e só chegam amanhã. Você acredita em um lance desses?

— Tem certeza, Fay? Vou com você — disse Kate, ainda completamente apática.

Fay estava preocupada com Kate. A palidez evidente em seu rosto denunciava o cansaço por tudo o que ela estava enfrentando. Nem mesmo a breve viagem de fuga ao Kansas, onde puderam matar as saudades de Lana, fizera com que o sorriso voltasse ao rosto de sua amiga.

— Não, não precisa. Vai indo para casa. Se precisar de algo, eu te ligo. Depois daqui, preciso passar em outro lugar antes de ir para casa.

— Outro lugar, é? — perguntou Kate, curiosa.

— É. E vá logo embora, enxerida, já está acumulando uma fila atrás de você.

Kate riu e pegou sua bolsa. O tempo que passou entre suas amigas foi muito agradável. Mataram as saudades de Lana, conheceram o rancho e deram longos passeios a cavalo. Sentia ainda aquela dor moída no peito, mas, acima disso, uma sensação tranquila de paz em sua mente. Não podia dizer que recuperara o peso perdido nos últimos dias antes da viagem, mas sentira-se livre no Kansas. As roupas compradas lá lhe assentavam muito bem. Jeans e botas. Nem imaginava que botas bem escolhidas deixavam o visual de qualquer um atraente.

— Você é Kate Campbell? — uma voz interrompeu seus devaneios.

— Sim. — Olhou Kate para o desconhecido, assim que cruzara o portão de desembarque. — Por quê?

— Mandaram lhe entregar essas flores — disse o jovem, deixando-a com as rosas antes de partir.

Kate cheirou aquele lindo buquê, sentindo o perfume que a fez espirrar. Tinha alergia a flores. Mas, certamente, quem enviou não sabia disso. Tinha um cartão, seria do pessoal da empresa?

Ao abrir o envelope, deparou-se com palavras que já ouvira em outra ocasião. Lembrou-se exatamente de como elas soaram num mágico idioma:

"Existem ideias das quais não se consegue escapar. A gente se engaja ao dizer sim, ao dizer não ou quando se cala."

Kate sentiu o coração bater mais forte no peito e, olhando ao redor, buscou o responsável por aquelas flores. Ela estava sem entender e não conseguia acreditar no que estava acontecendo, esperava que ele não voltasse a procurá-la. Muito menos que voltasse fingindo que tudo estava bem. Ela ainda não se sentia forte o suficiente para encará-lo outra vez. Ele podia muito bem pegar essas flores e enfiá-las...

— Srta. Campbell?

— Sim? — Virou Kate, com brusquidão, enquanto caminhava pelo hall do aeroporto, rumo à longínqua porta de saída. Não esperava se deparar com mais um jovem segurando um buquê.

— É para a senhorita — disse o rapaz estendendo as flores. Agora eram margaridas radiantes, que a fizeram dar um breve sorriso, após um breve espirro.

— Espere um minuto — ela disse, já tarde demais, enquanto observava o garoto se afastar.

Acomodou as flores no mesmo braço das rosas e puxou o bilhete para ler.

"Eu não quero escapar de você e digo sim a nós. Por favor, me perdoe e me dê mais uma chance."

Kate buscou Gabe com os olhos, mas sem encontrá-lo. Ele estava muito enganado se pensava que ela aceitaria aquelas desculpas esfarrapadas por meia dúzia de rosas. Quer dizer, duas dúzias, agora que abria os braços e aceitava mais um ramo de flores com os dizeres:

"Perdoe-me, Édes."

Mesmo sem querer, sentiu uma leve fagulha de calor no coração, ao ler o apelido carinhoso com que a chamava.

Andou mais um trecho, todavia, lírios interromperam seu caminho e, dessa vez, o jovem abriu o bilhete para ela ler, porque tinha ficado meio enrolada entre os quatro avantajados ramos de flores e seus espirros.

"Édes, não escape da ideia de me ter ao seu lado. Diga sim a nós também."

Sentindo o coração amolecer, procurou a cadeira mais perto. Sentiu seu coração dar um tombo, enquanto lágrimas reprimidas desabavam de seus olhos. O primeiro rapaz que lhe entregou as flores voltou com um copo d'água na mão para ela beber.

— Onde ele está, garoto? — perguntou Kate, aceitando o copo e se referindo a Gabe.

— Não sei, senhora, ele só me disse para não tirar os olhos de você, que a atendesse se precisasse de algo e que ligasse para dizer qual saída a senhora usaria.

— Ele está lá? — perguntou Kate, indicando a saída já visível.

— Não sei, mas ele certamente parece ansioso e preocupado.

Dito isso, outro rapaz apareceu lhe entregando um buquê enorme de flores do campo com o seguinte recado anexo ao extravagante arranjo:

"Vamos conversar? Deixe-me passar o resto de nossos dias buscando novas maneiras de fazer você feliz. Vou fazer com que me ame da mesma forma que amo você. Sou seu".

As lágrimas escorriam livremente pelo seu rosto, e Kate já nem sequer tinha vergonha ou pudores em escondê-las. Quem passasse por ela no saguão do aeroporto poderia muito bem ficar intrigado e embasbacado com a imagem que ela reproduzia, já que ela andava a passos rápidos, com todos os buquês das mais variadas espécies de flores do planeta, espirrando e chorando. Ela tentava, de toda maneira, fugir dali, esbarrando em todas as pessoas que se interpunham em seu caminho rumo à saída. Embora imaginasse que Gabe pudesse estar ali à sua espera, ela ainda acalentava o sonho de se jogar dentro de um táxi antes que pudesse se derramar aos pés de Gabe. Antes que pudesse sair, ouviu seu nome ser chamado pelo alto falante.

— Kate Campbell, favor se dirigir ao balcão central de informações. Kate Campbell, favor se dirigir ao balcão central de informações.

No estado em que se encontrava, ela imaginou que a chamada pudesse ser referente ao extravio das malas e que, possivelmente, Fay a acionara por alguma razão. Chegando até lá, espirrando, com dor nos braços e quase deixando mais um lírio cair no chão, tirou as flores que tapavam sua visão e virou-se para a atendente.

Mas se deparou com a visão dele à sua frente.

Gabe estava com uma aparência abatida e um olhar melancólico, apesar de lhe sorrir. Usava um jeans que já tinha visto dias melhores e uma camisa meio amarrotada que fazia par com seus cabelos desgrenhados, possivelmente, de tanto passar as mãos. Num dos braços, tinha um buquê de rosas vermelhas. Ele se virou para a balconista e falou rapidamente alguma coisa. Logo a seguir, ouviu o barulho do letreiro acima deles, aquele que anunciava chegadas e partidas.

De repente, o telão ficou em branco e apenas uma frase em letras garrafais pôde ser lida:

"Kate, volte para mim. Eu te amo."

Uau. Definitivamente, Gabe Szaloki era um homem poderoso ao extremo. Conseguir fazer com que o aeroporto e seu letreiro principal, simplesmente, parassem tudo para emitir sua sentença...

Sem dar chance a ela de esboçar alguma reação, ele se aproximou do microfone do balcão e verbalizou as palavras escritas nos letreiros.

— Kate, me perdoe. Agi sem pensar e disse coisas que não sentia nem queria dizer no calor do momento. Volte para mim, eu te amo.

— Oooh... — Ela ouviu a reação da multidão que tinha parado momentaneamente de andar pelo aeroporto para ver as telinhas de anúncio e se deparar com a declaração de Gabe em áudio e vídeo.

— Gabe — ela disse e caminhou lentamente em sua direção, diante da multidão estupefata. Ainda espirrando e deixando cair diversas flores ao longo do caminho, já que seus braços não comportavam tantos arranjos, ela parou à sua frente. Definitivamente, ela devia estar uma bagunça. Mas não se importava nem um pouco.

— Oh, Kate, sou um idiota, devia ter desconfiado do que tinha acontecido, não podia tê-la tratado daquele jeito. Eu sabia que algo estava errado — ele despejou. — O Dr. Magnum me contou tudo o que aconteceu — ele disse de uma só vez. Kate pôde ver que cada palavra era dita com um tom de sofrimento.

— Como ele soube de tudo? — perguntou Kate surpresa.

— Uma funcionária da empresa dele viu você e o Peter juntos em algumas ocasiões e presenciou a forma como ele te ameaçava.

— Aaaatchim!!

— Ah, Kate, como sou estúpido! Não lembrei que você tinha alergia a flores!

Agora, sim, Kate, provavelmente, era uma visão do inferno. Com o rosto banhado em lágrimas que teimosamente se recusavam a parar de cair, o nariz vermelho de tantos espirros alérgicos, os braços abarrotados de flores e arranjos, que se desfaziam devido ao agarre nervoso em seus braços, Kate definitivamente sentia-se deslocada. Ainda mais com um homem como aquele parado à sua frente, derramando suas desculpas. Ela permitiu que ele aliviasse a carga de suas mãos, entregando os arranjos quase desfeitos aos entregadores do percurso.

— As flores são lindas. Obrigada. Embora meus braços não comportariam mais este arranjo em suas mãos.

— Vou pedir que as entreguem em sua casa.

— Gabe, como sabia que eu estaria aqui?

— Fay me contou que vocês chegariam hoje e me passou o número do voo. Pensei em fazer uma surpresa. — Ele continuou olhando-a, com olhos ansiosos.

— Kate...

— Gabe...

Eles sorriram, por falarem ao mesmo tempo.

— Gabe, eu sei que não agi muito bem, te levei ao engano ao tentar pedir um tempo e esconder a verdade de você — ela suspirou audivelmente cansada. — Tudo o que eu queria era ganhar tempo até que a resposta de Washington chegasse ao seu escritório. Eu não podia colocar tudo a perder para você com um escândalo provocado por Peter. Eu me lembrava das suas palavras no dia da audiência, dizendo ser antiético trabalharmos juntos, mas não dei importância àquilo, fui uma tola — ela respirou fundo ao rememorar os fatos. — Peter se aproveitou disso para me chantagear, porque eu já tinha pedido demissão, restava pouca coisa que ele pudesse fazer quanto ao meu trabalho. Mas nada justifica o jeito que você me tratou. Você foi grosseiro, bruto, cruel e me desrespeitou, me deixando de coração partido. Nunca em toda a minha vida eu senti tanta dor.

Ao dizer aquilo, Kate pôde observar que as feições dele ficaram pálidas.

— Ah, Kate... Eu fui um idiota ao falar aquilo para você na audiência, e eu assumi isso depois. Você foi maravilhosa e me deixou orgulhoso. Se fazer aquela audiência com você fosse um procedimento errado, eu certamente não teria feito. Você devia ter confiado em mim para me contar as coisas e não ter medo — ele disse, suspirando. Depois de um momento, continuou. — Mas você tem razão, fui realmente um bruto. Errei em agir precipitadamente, não deixando você se explicar e ainda esfregando Melissa em sua cara, embora eu não tenha realmente a levado para a minha cama — ele disse e a olhou com o olhar mais tristonho que Kate pudesse imaginar. — Não mereço o seu perdão, é isso o que está me dizendo, não é? Aprendi com meu erro e esperava que pudesse me dar uma segunda chance para eu poder fazer diferente. Minha vida perdeu o brilho e parece uma sucessão de coisas sem sentido com você longe de mim. Mas eu não vou insistir e nem te perseguir como aquele infeliz fez. Quero te ver feliz e em paz — ele falou com a voz um pouco embargada, ainda sem lágrimas — só isso. Eu amo você. Queria ter tido a chance de fazer você se sentir assim sobre mim também. Szeretlek te`ged.

Ele repetiu as palavras que havia dito naquele feriado na casa de seus pais. As mesmas palavras que ela não tivera chance de saber o significado na hora. Porém, seu coração sabia decifrar em húngaro o que significavam agora e o que significaram antes de tudo acontecer. Ele a amava.

Ela ficou em silêncio enquanto se encaravam e se afastavam da multidão ansiosa pelo desfecho. Eles se dirigiram à saída em silencio absoluto depois das palavras proferidas.

— Posso te levar em casa? — ele perguntou solícito. — Digo, só uma carona. Pode ser?

Ela assentiu com a cabeça. Ele estava visivelmente nervoso. Kate não conseguia emitir uma sentença frasal sequer.

— A resposta chegou essa semana — ele disse momentos depois a Kate, que olhava a paisagem pela janela do carro.

— Que resposta? — ela perguntou. Gabe não conseguia notar nada em seu tom de voz, talvez por causa do sentimento de desolação que sentia em seu peito.

— De Washington. O novo escritório está pronto — ele disse, lançando olhares para ela enquanto dirigia. — E começo a trabalhar mês que vem, assessorando o Conselho da Casa Branca. Acho que agora nada me impede de finalmente fazer a mudança. Nada me prende aqui — ele disse esperançoso, aguardando a reação de Kate.

— Parabéns, Gabe.

Ficaram mais um momento em silêncio e Gabe sempre que podia a fitava, tentando gravar na memória as feições dessa mulher tão delicada que roubou seu coração. Mas também, a mesma mulher que ele pisoteara o coração puro. Não sabia como ia viver sem ela ao seu lado e agora que a última carta fora jogada e desperdiçada, parecia que ia sendo engolido pela escuridão, vislumbrando o resto da luz de seu dia, abrindo a porta e saindo do carro. Sem ao menos uma palavra de adeus, ou um olhar.

De longe ouviu um breve agradecimento pela carona e a viu se afastar em direção ao prédio. Não conseguia escutar mais nada além da batida de seu coração nos ouvidos. O sangue corria mais rápido, sua respiração acelerada e o suor escorria frio pelo seu rosto. Os segundos começaram a passar com vagarosa lentidão. Angústia e agonia começaram a abraçar seus sentimentos, dando um nó ao encontrarem ali, a tristeza pela perda de seu grande amor. Era isso. Estava tudo acabado. Ele perdera a mulher de sua vida por ter sido estúpido o bastante para não reconhecer a joia preciosa que tinha ao seu lado.

E ainda fora burro o bastante para dizer que abriria mão

dela e que não a perseguiria de forma alguma. Que porra de promessa fora aquela?

Alguém bateu na janela do vidro do carro, tirando-o do seu estupor.

Não soube quanto tempo permaneceu assim, preso àquelas desesperadoras sensações viscerais.

— Dr. Szaloki?

— Sim? — ele respondeu ainda catatônico.

— Sou o porteiro de Kate. Ela interfonou e pediu para verificar se o senhor ainda estava por aqui. Ela disse que tentou ligar para o seu celular, mas o senhor não atendeu.

Gabe olhou para o celular preso ao suporte do carro e viu ali as ligações perdidas. Ele não devia ter escutado o telefone tocar, tão imerso que estava em sua infelicidade. Virou-se e fitou o porteiro, com um olhar meio perdido. Exasperado, o porteiro continuou:

— Ela pediu para o senhor subir. Logo.

Sem precisar ouvir duas vezes, Gabe saltou do carro e se dirigiu aos elevadores. Ao encontrar a porta do apartamento aberta, entrou sem bater, encontrando Kate bebendo um vinho, sentada no sofá.

— Quer beber alguma coisa? — Seu tom de voz era imparcial.

— Não, obrigado. Está tudo bem, Kate? — ele sondou, ainda temeroso de que pudesse ousar ter esperanças.

— Não, não está tudo bem! — Ela soltou num suspiro exasperado. — Devia, no mínimo, fazer você passar por isso por mais uma semana, mas não consigo.

— Sobre o que está falando?

— Você e sua fossa, Dr. *Absoluto*.

— Por que quer me ver sofrer de perto? — ele disse tristemente, aproximando-se dela e não conseguindo evitar pegar em suas mãos.

— Você não precisa ficar assim, Gabe — disse Kate fungando. — Você teve sua chance e se aproveitou muito bem dela.

— Eu a desperdicei, Édes.

— Não, não a desperdiçou. Se assim tivesse feito, eu não estaria aqui agora com o coração na mão, ao vê-lo sofrer desse jeito. Fiquei revoltada ao receber as primeiras flores, foi um despeito pensar que você me teria de volta com meia dúzia de plantas.

Ele parou de acariciar sua mão e seus braços, olhando-a com atenção.

— Mas foi só pôr os olhos em você que senti. Senti seu arrependimento, sua sinceridade em estar ali, admitindo o erro e pedindo desculpas. Senti seu sofrimento e também seu amor por mim. Você estava bem transparente — ela disse o olhando atentamente. — Ou as coisas estão mais claras para mim, desde que voltei. Como eu poderia te castigar? Eu também te amo, Gabe. E a única coisa que quero nesse momento é tê-lo ao meu lado.

Com essa declaração, ele sentiu como se uma pedra tivesse sido removida de seu peito e ele pudesse, por fim, voltar às bordas da realidade e vislumbrar a claridade que ela representava em sua existência. Sua Kate, por Deus, tinha-o feito passar pelos minutos mais longos de sua vida!

— Kate! — ele disse, abraçando-a forte e sorrindo ao mesmo tempo, dizendo em seu ouvido. — Acho que envelheci dez anos te trazendo pra casa hoje!

Ela riu e falou: — Sorte a sua que não consegui manter

minhas mãos afastadas mais tempo de você. Já pensou como seria se envelhecesse uns vinte?

— Dragám, você está americanizando essa expressão, seu dragãozinho malvado! — Ele riu e a beijou enquanto a segurava carregando para o quarto e jogando-a na cama.

— Gabe, você vai se mudar mesmo para Washington?

— Só se você quiser se mudar comigo, Édes. E, se realmente quiser, podemos adiar essa mudança para depois do casamento.

— Que casamento?

— O nosso, obviamente. Eu te amo com toda a minha alma, Édes. Eu mandei fazer nossas alianças quando ainda estávamos juntos. Chegou há pouco tempo e desde então a mantive comigo — disse ele, sacando-a do bolso.

Ela pegou o anel de sua mão, olhando-a mais perto.

— Quem te garante que vou casar com você, *Dr. Absoluto*? — ela questionou, olhando-o com a sobrancelha arqueada em desafio.

— Quem inventou esse apelidinho infame? Aposto que foi a Fay. O que me garante sua aceitação? Esse brilho de felicidade em seu olhar, Édes — ele disse, sem deixar de beijá-la e já se desfazendo de suas roupas.

— E quem te garante que vou me mudar com você para Washington? — disse ela sorrindo, colocando o anel no dedo e o ajudando a desafivelar o cinto.

— Ninguém. Mas, se você não quiser ir, não tem problema. Renuncio à vaga e fico aqui com você. Pensando melhor, acho que poderia até me afastar do escritório. Você tem toda uma carreira pela frente e precisaremos de alguém para cuidar de nossas crianças — ele concluiu, terminando de tirar as roupas.

— Que crianças?

— Nossos filhos, oras. O primeiro parece que podemos começar a providenciar agora.

— Gabe! — falou Kate, dando uma sonora gargalhada. — Estou falando sério.

— Eu também. Um marido dono de casa, hã? O que você acha? Prometo fazer seus pratos preferidos. Eu sei lavar, passar e cozinhar. — Ele parou de salpicar beijos aleatórios por seu corpo e se sentou lentamente na cama, buscando se encostar à cabeceira. Enquanto a olhava atentamente e a chamava para perto, ouviu Kate perguntar.

— O que significam essas palavras gravadas no anel, Gabe?

— Procure no google, Édes — ele disse descaradamente.

— Eu não acredito que você está rindo na cara do perigo e ousou falar uma coisa dessas num momen...

— Kate?

— O quê?

— Shhh... — ele a interrompeu e começou a beijá-la suavemente.

Amor, puro e simplesmente, era o que estava escrito em suas alianças, marcando o início de uma história que começara de maneira menos provável possível.

Fim